COLLECTOR’S HIGH

NATSUKI MURAKUMO

コレクターズ・ハイ

村雲菜月

講談社

コレクターズ・ハイ

装画　millitsuka
装幀　川名潤
初出　「群像」二〇二三年十二月号

髪のことは髪オタクの人に任せるのが一番、というのが私の見解だ。ここで言う髪オタクの人というのは、髪が好きなだけでなく、髪を綺麗に仕上げ、保つためのさまざまな知識と技量を磨いてきた人のことを指す。ただの髪好きのことでも、ただの美容師のことでもない。

当然ながら、美容師はみんな最初から美容師になりたかったとは限らない。誰もが好きなことを仕事にしているわけではないように、美容師だってもともとは、バンドマンを目指していたとか、モデルになりたかったとか、他に持っていた壮大な夢を諦めた人や、特にやりたいこともなく強いて言うなら美容には少し興味があったくらいの人も多いのではないだろうか。しかしながら、稀に本当に志して美容師になる人がちゃんといる。ただ、その関心がヘアスタイルに向いているか、それとも髪そのものに向いているかで随分と話は違ってくる。ヘアスタイルに関心がある美容師はおそらくお洒落が好きで、その延長だろう。彼らは髪を処世の道具としてしか見ていないが、向上心があるので技術力は高いほうである。しかし、髪そのものが好きな美容師には遠く及ばない。そんな髪が大好きな美容師のことを、私は陰で髪オタクの人と呼んでいる。なので、本当の名前はいつも美容室を予約する直前になって思い出すのだった。

ホットペッパービューティーのサイトを開き、予約履歴一覧をスクロールすると、ネイルサロンと美容室くらいしか予約しないので行きつけはすぐに見つかる。その美容室のページを開くと、新規客へ向けた価格破壊的なカット料金に始まり、再来客へ向けてカットやパーマ、カラー、トリートメント、シャンプーなどを組み合わせたさまざまなメニューとクーポンがずらりと並ぶ。その下に、トップスタイリストの指名だと料金が千円ほど上がるという但し書きが、見逃してしまいそうなほどささやかな文字で添えられている。私がここで予約するのは縮毛矯正、うねりのある髪を真っ直ぐにするための施術である。

ページをスクロールしていくと、縮毛矯正コースの一覧が出てくるが、問題はここからで、そこには次のような文字列が並んでいる。縮毛矯正、プラチナ縮毛矯正、地肌にやさしいオーガニック縮毛矯正、ラグジュアリー髪質改善縮毛矯正、圧倒的にダメージレスなプレミアム髪質改善縮毛矯正。まるでこちらの判断能力を鈍らせるかのように、どのコースもいい感じなのだ。しかも、その横に記載されている値段も大差ないので、いよいよ頭を抱えてしまう。縮毛矯正は近年凄まじく技術を進歩させているらしく、そのコースの種類も気が遠くなるほど増殖中だ。そのいくつかに「品田指名限定」という注意書きがついているのを見て思い出す。この美容室で縮毛矯正のスペシャリストとして一目置かれているのが、品田という美容師なのだった。その中でも「【品田指名限定】髪質改善スペシャルコース」というメニューがあり、そこには「どのメニューを選択していいかわからないというお客様におすすめ！　あなたの髪におすすめの髪質改善メニューを提案します。一緒にこれからの美髪を創りましょう。」というやや抽象的な品田からのメッセージが添えられている。価格は来店時に確定するのでその時々であるが、私は特にこだわりもなく、自分の髪のこれからについて考えるのも面倒なので、いつもこのメニューを選択することにしていた。

　予約をしたのは先週のこと。土曜日の朝一番、家から歩いて行ける距離の美容室へ向かう。最終的に髪をセットしてもらえるので、美容室には休日の朝に起き抜けのまま行くのが一番いい。知り合いの中には代官山とか中目黒の有名なサロンに行く人もいるが、そんなところへはぼさぼさの髪では行けないし、美容室に行ったらどうせシャンプーをされてぐしゃぐしゃになるのに、あらかじめ巻いたり、スプレーをつけたりするのは二度手間な感じがしてげんなりだ。ただでさえ施術料がかかるのだから、交通費をかけてまで行くのはちょっと違う気がする。それよりもお金をかけるべきところが、私にはあるのだから。

　思い思いの方向に伸びた頭髪を携えて、予約時間の十時半に入店すると、受付カウンターに立っていた品田が、いらっしゃい、と私を待ち構えている。品田はこんな顔の人だったか、といつもその時に思い出すのだが、おそらく毎回髪型が変わっているので、前回受けた印象と違うはずだ。この日は金髪のセンター分けで、流行りの韓国アイドルみたいな髪型だった。深緑色のシャツとスラックスのセットアップを着ており、そういえば前もセットアップだった気がする、などとぼんやり思い出しながら席に通されると、目の前の大きな縦長の鏡越しに話しかけられる。

「三《み》川《かわ》ちゃん、今日はどんな感じにする？」

　ちゃん付けで呼ぶ、その距離感に若干戸惑いながらも、私はあらかじめ用意してきたノーアイディア、つまり何も考えていないということを控えめに伝える。

「少し伸びて広がってきたのが気になるのですが、よくわからないので何かおすすめはありますか」

　そう訊ねると、品田は私の髪を掬い取ってすーと空中に黒い直線を引くみたいに伸ばし、職人のような目つきでその具合を確かめた。そうだなあと軽く思案し、いくつかのメニューを組み合わせた提案をしてくれるのがいつものことだった。

「前回はトリートメントをしただけだったから、やっぱりこの上部分五センチくらい地毛が伸びてきてうねってるんだよね。ここだけ部分的に縮毛かけたほうがいいかな。他はトリートメントでカバーできそう。あと毛量が増えてるから、内側少し減らしたほうがいいと思うよ。これから暑くなるし」

「なるほど、じゃあそれでお願いします」

品田の言っていることを半分も理解していない私だが、品田の提案に反対することはほとんどなかった。この後にオプションで提案されるトリートメントのランクを少しケチってプラチナからシルバーに格下げするくらいだ。この日は部分的な髪質改善縮毛矯正に加えて全体に髪質改善トリートメントを施し、カットとブローをすることになった。

もともと髪にこだわりはないので、一年前までは髪の長さにも計画性はなかった。髪は二ヵ月経つと二センチほど伸びる。毛先を整えてくださいと頼むと一センチほど切られることになるので、一年続けると六センチほどは伸びてきて、するとまとまって長くなったように見える。伸びた髪を見ていると、なんとなく切るのがもったいないような気がしてくる。今回こそは背中のあたりまで伸ばしてみようかな、といつも決心するのだが、その志を嘲笑うかのように決まって肩に掛かるあたりで毛先がくるくると跳ねはじめ、寝癖もつきやすくなり、毎朝の手入れが憂鬱になる。日増しに憂鬱が蓄積されていくと、髪が短かった頃の快適な生活を夢想するようになる。ドライヤーで五分もかからずに乾いた短い髪、寝る時にまったく存在を感じさせなかった短い髪、毎朝ヘアアレンジに悩みもしなかった短い髪。その想いが積もり積もって、ある時ふと勢いでバッサリと切る。その後、再び二ヵ月に一回ほどの周期で美容室へ通い出し、たちまち髪を伸ばしかけていた頃のことを忘れ、また少しずつ髪が伸びていく……、というサイクルをもう何年も繰り返していた。長い髪を整えなくてもそれらしく見えるよう、ウェーブのパーマをかけたこともあったのだが、あれも数ヵ月するとやんわりと解けてきて、お洒落なのか寝癖なのかわからなくなってくるので、その境目が自分で判断できなくなった頃にまたバッサリと切ってしまうのだった。髪と精神は相互作用している。髪のコンディションによって生活が憂鬱になるだけではなく、負荷のかかる仕事をしている時や、恋愛の不和があった時も髪は傷む。というより髪を傷めつけたくなる。バッサリと切りたくなる時や、思い切ってブリーチをしたくなる時は、決まって生活に疲れている時だった。もう生活とかどうでもいいかもしれない、だったら手始めに髪でも傷めておくか、という具合なのである。痛みの伴わない自傷行為とでも言えばいいだろうか。

　この髪の長さをめぐる不毛なループから抜け出すため、楽に髪を伸ばす方法を色々と調べ、結果たどり着いたのが縮毛矯正だった。私が高校生の頃はまだ、天然パーマで癖毛の人が渋々やっているものという印象しかなく、クラスメイトの髪が黒い針金みたいに真っ直ぐになっていたのが思い起こされ、はじめは乗り気になれなかった。なので、縮毛矯正の初回料金が一番安い美容室を予約したのだが、そこにいたのが品田だった。今思えば確実にリピーターを獲得できるという自信からくる安さだったのかもしれない。本当に見違えるほど髪が綺麗になるのだ、と品田は熱心に縮毛矯正の素晴らしさを語ってくれた。癖がなくなるので、結果的に毎日ヘアアイロンをかけるよりも髪に負担がかからないのだとか、使う薬剤は一人一人に合わせて調合しているので、敏感肌の人にも優しいだとか、トリートメントを配合しているので、傷まず髪がつやつやになるのだとか、どこからどこまで本当のことなのか、むしろ怪しいほどの絶賛ぶりだった。

　ただ、品田が信用に足る美容師であることは初回の施術で充分に確信できた。よーし、じゃあ綺麗にしちゃいますよ、というこちらが小っ恥ずかしくなるような台詞の後、私の髪にはつんと鼻の奥を刺激する臭いの薬剤が塗りこめられ、しばらく漬け込んだおかげでふやけてモチモチになり、引っ張るとゴムのように伸びた。薬剤を流し乾かした髪にヘアアイロンを当てて熱で真っ直ぐにし、これで完成かと思いきや再びシャンプー台まで連れて行かれ、あつあつの髪にもう一度ひんやりとした薬剤をかけられる。溶かしたチョコを冷蔵庫にいれて固めるかのような、お菓子作りさながらの工程を経た末に、私の髪の毛は今までとはまったく別の素材で作られた繊維に変身を遂げていた。品田はしきりに「すごいでしょう。ほら見て、ほら」と言って、それまでに見たこともないほどつややかになった私の髪を何度も手で梳いて見せた。その瞬間、品田はなぜか、私より興奮しているように見えたので、この人はきっと髪が好きな人なのだろうと思ったのだった。髪が好きな人なら、髪を悪いようにはしないだろう、とも。初回割引を利用して美容室を転々と変えていた私は、それからは三ヵ月に一度同じ美容室に通うことにした。縮毛矯正を始めてから一年が経とうとしているが、髪の長さは肩を通り越して胸のあたりにまで伸びてきている。

　品田であろうが品田でなかろうが、美容師とできるだけ会話したくない私は、極力話しかけられないように施術中はスマホを見ることにしている。スマホで見るコンテンツも考えもので、小説を読んでいたら、自分本全然読まないのでおすすめ教えてくださいよ、と訊かれるし、アニメを見ていたら、そのアニメ面白いですよね、自分も見てます、と話しかけられるし、ＬＩＮＥを開いている時は黙々と髪を切っているふりをしながら確実に覗き見られている。なので、最近は早押しクイズゲームのアプリ一択である。クイズをやっていると、いかにも集中しているように見えるし、ただのゲームなのに、今大切な時なので話しかけないでくださいオーラを無言のまま出すことができるのだ。答えられなかった時に、こんな問題も答えられないのか、と思われている可能性もあるが、シャンプーの語源を知らなかった品田に関してそれは考えにくい。問題文が湧き出るみたいに左から右へ一文字ずつ表示されていく。できるだけ短い文章量で出題意図を察し、相手より早くボタンを押して制限時間内に解答をテンキーで打ち込まなくてはならない。

——問題、さそり座が上ってくると

「オ、リ、オ、ン」

——正解！

——問題、宏大・幽邃

「け、ん、ろ、く、え、ん」

——正解！

——問題、「y = a^x」で表され、物事が飛躍的に増大する状態のたとえにも使われる関数は何でしょう？

数学は滅法弱いので何を言っているのかまるでわからなかった。問題文がすべて表示された後に対戦相手が「し、す、う、か、ん、す、う」と答えて正解。五点先取で二対一、まだ焦らなくていい。次は取る。ちょうどその時、背後から声がかかった。

「じゃあシャンプー台行こうか」

いいところだったのに。そう思いながら、私は画面を真っ暗にしてスマホを手前のカウンターに置いた。段差のあるシャンプー台が並んだエリアに案内され、椅子にもたれると、たっぷりの泡で入念に頭を揉まれる。「痒いところはないですか」という常套句に「いいえ」と答え、最近導入されたらしい炭酸泉で泡を流された後、再び席に戻ると風量の多いドライヤーを当てられる。最後に前髪を切り揃えている間、私が手持ち無沙汰にしていると、品田は気を利かせてか世間話を始めた。

「雨強くなってきたな。もう梅雨の時期だね」

私は目を伏せながら、ぱらぱらとクロスの上に落ちていく細かい前髪を眺めていた。五月の半ばで久しぶりに雨が降っていたが、梅雨入り宣言には一ヵ月ほど早いような気がする。

「まだ少し先じゃないですか？」

「今年、梅雨早いと思うよ」

「そうなんですか？　私ニュースとか見ないからなあ」

「俺も見てないんだけど、梅雨の時期って縮毛矯正の予約のピークでさ。例年に比べて早くから予約がたくさん入るから、こうして毎日縮毛矯正してると、今年も梅雨の時期が来たんだなあって思うんだよね」

　ハサミを髪に通しながら機嫌よさげに言う品田に対して、私はへえ、と薄いリアクションを返しながらこの人は何を言っているのだろうと思った。どうやら髪オタクの人は、髪を基準に時節を感じているらしかった。

品田は毎回施術前と施術後の写真を撮影して私に見せてくれるのだが、いかにもその変化に驚いてほしそうな雰囲気を醸し出しているので、私はいつも大袈裟に驚くように心がけている。本当は「あ、いいですね」くらいで勘弁してもらいたいのだが、「わあ、本当に綺麗！　すごーい！　信じられない、さすがですね！」くらいの反応を期待されているので、毎回やや疲れるのだった。

一通り髪オタクの人への接待を終えると、会計カウンターで決して安くはない施術料を支払う。次回はまた三ヵ月後だから八月くらいかな、という提案をした後、品田は私をエスコートするみたいにドアを開けて店の外まで見送ってくれる。そのたびに私は、このような待遇まで料金に含まれているのだろうか、とつい考えてしまう。店を出る頃にはちょうど昼で、朝来た時よりも人通りが多くなっていた。

横浜駅近くのファストフード店でハンバーガーを食べた後、私はそこから徒歩五分のゲームセンターへ向かった。今日はなにゅなにゅクロックの入荷日なのだ。約束の時間より十分早かったが、ゲームセンターの前にはすでに白地のプリントTシャツを着て黒のデイパックを背負った森本さんがいた。森本さんはゲームセンターの入り口を塞がないように、ビルとビルとの間あたりに立っており、休日の昼下がりらしく学生や親子が森本さんの前を素通りして店内に吸い込まれている。「すみません、待ちましたか？」と駆け寄ると、直立不動だった森本さんは読んでいた文庫本を閉じて顔を上げた。今日もいつも通り真顔だった。

「いえ、行きましょう」

わずかな口の動きと合わせてようやく聞き取れる声量でそう言った後、森本さんはビルの中に入り筐体の隙間を淀みなく進んでいくので、私は黙ってその後に続いた。クレーンゲームコーナーは一階と二階、三階の一部にもあり、ガラスケースの中に入っている景品の場所は日々移り変わっている。そのため、どの場所にどの景品があるかを見つけるところから始めなくてはいけないのだが、森本さんは足早に人をかわしながら突き進み、階段で二階へ上がると迷いなくまっすぐ目当ての筐体の前までたどり着いた。

私たちの目の前にはクレーンゲームの筐体が二つあり、なにゅなにゅクロックが一つずつ入っていた。時計は四角い紙箱に入っており、表面には風船を膨らませたような『なにゅなにゅクロック』という文字となにゅなにゅの顔がついた壁掛け時計の写真がカラーで印刷されている。筐体は橋渡しと呼ばれるタイプで、滑り止めのビニールが巻かれた金属の棒が四本、間隔を開けて橋のように左右にかけられている。どうやら棒と棒の上にかろうじて置かれている箱を、隙間から下に落とせば景品が取れるらしい。安定感はなさそうに見えるが、その角度や位置は店員によって綿密に計算されたものだというのが森本さんの見解だった。配置としては右か、と森本さんは独り言のように早口でつぶやいて右の筐体の前に立ち、黒い革財布から百円玉を取り出すと、とりあえず五枚連続で投入した。一回百円のクレーンゲームは、五百円まとめて払うと一回無料でプレイできる。五回以内に取れる可能性は低いので、初めから五百円を入れたほうが経済的なのだ。

　森本さんはまず、アームの強さを確かめるために一度箱全体にアームを滑り込ませて普通に引き上げようと試みた。右へ移動するボタンと奥へ移動するボタンをタイミングよく押した後、ちょうど箱の真ん中あたりの位置で軽妙な効果音を発しながらアームは垂直に下がった。貧弱なアームは箱を抱えてみせた後、決して持ち上げることなく箱の輪郭をなぞり、上昇して定位置に戻っていった。私は思わず、ああっ、と落胆の声を漏らす。森本さんはガラスケースに顔を向けたまま淡々と、まあそうですよね、と言った。ここからが森本さんの腕の見せ所だ。箱の後ろ側にアームを通して角度を変えたり、左右に揺り動かすようにして箱の角を持ち上げたり、時には片方のアームで箱を押したりしながら、どんどん箱を動かしていく。その一回ずつは角度にも位置にも無駄がなく、すべてが必要な工程のように見えた。私が応援すると森本さんは少しだけ嬉しそうにするので、私は一回ごとに一度、祈るように両手を胸の前あたりで握りしめて、頑張ってください！　と言うことにしていた。六回目にして箱は棒と棒の間にアンバランスに引っ掛かっているだけになったので、その後はコインを一枚ずつ追加して角度を調整していく。浮き上がっている角を重点的に狙い、引き抜くように持ち上げると、箱は棒と棒の間を通り抜けて落下した。十回目、九百円だった。

「やったー！　すごい、すごいです。さすがです！」

落下の瞬間を見届けた私は嬉しさのあまり何かが溢れそうなくらい目と口を開け、両腕を上げて喜んだ。森本さんは恥ずかしそうに周囲に目をやりながら、筐体の下に落ちたなにゅなにゅクロックを取り出すと、私に差し出した。

「ありがとうございます。本当にすごいですよ」

「いや、いつもはもう少しかかるんだけど……今日は、結構調子がよかったかな」

森本さんはそう早口で言い、目だけで素早く左右を確認した後に、じゃあ、いいですか、と言ったので、私は、いいですよ、と言って箱を抱えたままほんの少しだけうつむいた。

先ほどまで丸いボタンを押していた森本さんの骨張った右手が、私の頭の天辺に置かれた。微かに浮いていた髪の毛が優しく頭皮に押しつけられる感覚の後、髪の流れに沿って手のひらは私の頭をゆっくりと滑り落ちる。手のひらが耳の近くを通るたびに、私の頭と森本さんの手の隙間にある柔らかい空気の熱を感じた。この時間、私はうつむいていなければならないので、森本さんの色褪せたジーンズの裾から覗く、黒いスニーカーの白く汚れた部分を眺め続ける。今日は美容室に行ってきた後だから、さぞかし撫で甲斐があるだろうと思った。手のひらを四往復ほどさせると、森本さんは満足したらしく右手は頭から離れた。私が顔を上げる頃にはもう森本さんは私から視線を逸らしていて、ありがとうございます、と私に届くか届かないかくらいの声量でつぶやいた。

私は森本さんにクレーンゲームでなにゅなにゅの景品を取ってもらう代わりに、頭を撫でさせることになっている。ゲームセンターにはもっとくっつきながら遊んでいる男女が大勢いるので、私たちのことを不審な目で見る人は誰もいない。

ゲームセンターを出た私たちは別々の方向へ歩きだした。森本さんは自転車で来ていたので駐輪場へ向かい、私は夢でも見ているような、ふわふわとした足取りで駅に向かった。欲しいものが手に入った喜びと、自分の一部が何かの役に立った達成感がないまぜになり、軽い空気が身体中にまわっていくような全能感があった。

家に帰ると、青緑色の丸いフレームに文字盤が嵌め込まれた壁掛け時計を外し、その場所になにゅなにゅクロックを掛けた。実家から持ってきていた古びた壁掛け時計は、今までそうしてきたようにこれを機に捨てる。

私の部屋のベッドは面積の半分をなにゅなにゅが占拠しており、枕カバーにも布団カバーにもなにゅなにゅがいる。机の上に並べて置いてある飾り棚にも、なにゅなにゅの丸っこいフィギュアがずらっと並んでいる。奥と手前にぎゅうぎゅうに詰めても置ききれないくらいなので、そろそろ新しい棚を買わなくてはならない。壁には一面にいろんななにゅなにゅのポストカードとA3ポスターを貼っており、カーテンもそのカーテンを留めるクリップもなにゅなにゅで揃えている。冷蔵庫にはなにゅなにゅのマグネットがひしめくようにびっしりとついているし、テレビの周りには、さまざまな色のなにゅなにゅを画面が埋もれるくらいに積んである。その中から、なにゅなにゅのカバーをかぶったリモコンを探すのはいつも苦労する。これ以上増えるとさすがに置ききれないので、選別してクローゼットに仕舞い、季節ごとに模様替えを行おうと思う。

　時計をゴミ袋に入れ、なにゅなにゅたちの配置を調整していたら、あっというまに一時間が過ぎていた。一息つくために私は藍色のシャツワンピースを脱ぎ、代わりになにゅなにゅの部屋着に着替えて、靴下を脱いでなにゅなにゅのスリッパを履く。なにゅなにゅのヘアターバンをつけて邪魔な髪の毛をまとめ、なにゅなにゅのボトルに入れたクレンジングオイルで化粧を落とした。鏡に映った自分の顔の上になにゅなにゅの顔があり、見るたびににっこりしてしまう。このように、サブリミナルでリフトアップ効果も期待できる。

　なにゅなにゅを身につけ、部屋がなにゅなにゅで埋め尽くされていくたびに、私はほんの少しずつなにゅなにゅみたいに丸く、柔らかくなっていくような気がする。

　月曜の朝、会社へ向かうため電車に乗り込むと、また同じ車両に特撮オタクの女が乗っていた。彼女は毎日おもちゃ箱をひっくり返したみたいに賑やかな柄のシャツを着ていて、紫色のリュックサックには仮面ライダーの缶バッジがついている。観測を始めてから缶バッジは二週間に一度くらいのペースで増え続けており、現在は五つがカシオペヤ座のような配置でついていた。さらにはファスナーの引き手に怪獣のマスコットもぶら下がっている。円谷まで守備範囲というわけか。明るい赤髪のショートヘアで、あらわになった耳に開いている四つの穴は、全部シルバーのピアスで埋まっている。彼女は好きなもので全身を装飾しているおかげで、一度も話したことがないのにひと目見るだけで何が好きなのかわかる。こういうわかりやすい人を通勤電車の中で見ることはあまりない。ライブ会場や、テーマパークなど非日常的な空間ではよく見かけるが、それは友人や同じコンテンツが好きな仲間と会うからであって、ほとんどの人は普段から親しくもない人に何が好きかを大々的に主張したりしないだろう。

　私のバッグにはなにゅなにゅのラバーマスコットが一つついているだけなので、彼女のような格好は少し羨ましい反面、疎ましい気持ちにもなる。私は精神的になにゅなにゅのようにありたいと思っているが、自分の外見をなにゅなにゅに近づけていくことはおこがましいことのような気がするのだ。そもそも、知らない通りすがりの人からなにゅなにゅが好きな人だと括られてしまうのはごめんだし、なにゅなにゅ好きは主張が強いと思われてしまうのも心外だ。私は息苦しい電車の中、なにゅなにゅとひっそり通勤していると思うだけで充分だった。私は間違っていないよね、とスマホのホーム画面に設定しているなにゅなにゅに心の中で話しかける。なにゅなにゅはまっすぐ私を見つめ返して無言で肯定しているようだった。

　終点に近づくにつれて人口密度が上がっていく車両から抜け出した後、駅直結の複合オフィスビルに流されるようにたどり着き、職場のあるフロアまでエレベーターで運ばれていく。始業時間の十五分前に席に着くと、トートバッグを探り、衝立を挟んで向かい側の席にいる轟木《とどろき》さんのもとへ向かった。休み明けの今日は轟木さんに是非とも見せたいものがあったのだ。すでにパソコンのモニターに向かい、凄まじい速さでメールを打ち込んでいる轟木さんに軽く挨拶をし、右の手のひらを開いて見せた。

「轟木さん、見てくださいよこれ」

「あら、もしかして」

　轟木さんは手を止めて座ったまま椅子を私の方へ回転させると、身を乗り出して私の手のひらの上にあるものを興味深そうに見つめた。それはバスの降車ボタンだった。ボールチェーンがついており、上半分の樹脂は透明な紫色で、うっすらと「とまります」という文字が透けて見える。下半分の黄色い樹脂の真ん中には四角いオレンジ色のボタンがついていて「お降りの方はこのボタンを押してください」と書かれていた。私がここ押してみてください、と言うと、轟木さんはえー、と嬉しそうに口角を上げて人差し指でボタンを押した。ピンポーンという効果音と「次、とまります」という無機質な女のアナウンスがボタンから鳴る。同時に、透明な紫色の部分が赤く発光して「とまります」という文字がくっきりと浮き上がった。轟木さんは興奮気味に声を上げる。

「これ、よくできてるねえ。前のシリーズよりクオリティ上がってるよ」

「そうなんですよ。昨日ガチャガチャの森で見つけて、実は二回やったんで轟木さんもよかったら一つどうぞ」

そう言って私は左手からもう一つ、塗装がシルバーのボタンを取り出した。

「いいの？」

「はい、きっと好きだろうなと思って」

「嬉しい。ありがとう」

そう言って轟木さんはボタンを受け取った。こんなの何個あってもいいもんね、と言って笑う。その笑顔につられて私も顔が綻んだ。

「そういえば、なにゅなにゅクロックは取れた？」

「無事ゲットしてきました」

「すごいじゃん。最近、三川さん調子いいね」

轟木さんは心底よかったというように目尻を下げた。私は森本さんのことを頭の隅に追いやり、そうなんですよー、上達してきたのかも、と言いながら轟木さんの机の上にある企画書を盗み見る。それは今日の企画プレゼン会議で使う資料で、相変わらず隙のない作りのように見えた。

私は玩具会社でカプセルトイの企画をしている。私が小学生の頃のカプセルトイといえばスーパーやレンタルビデオショップの入り口に並んでいて、百円や二百円を入れてハンドルを回すと粗悪なキーホルダーやゼンマイ仕掛けの玩具などが出てくる子供騙しみたいなものばかりだった。しかしながら、ここ十数年の間で、カプセルトイは大人に向けた娯楽の一つにまで上りつめている。売り場はスーパーや家電量販店の片隅に留まらず、大きなショッピングモールにはカプセルトイの専門店まである。各社から毎月さまざまなシリーズが発売され、価格は百円から二千円を上回る高価格なものまで。カプセルトイマシーンはいわば小売店のテナントのようなもので、一つのシリーズあたり、一度にカプセル五十個程度を仕入れるのだが、よく売れるシリーズは何度も発注を繰り返して店頭に残る。稀にではあるが、一度ＳＮＳで話題になったりすると、一年以上街中のカプセルトイマシーンに店を構えたり、二台に増築されたりすることもある。逆に、売れないシリーズは売り切ったら閉店し、コーナーからすぐに姿を消してしまうのだった。

近ごろのカプセルトイは全種類集めたくなるようなシリーズが人気なのだが、そうなると一シリーズあたり五種類から十種類程度のバリエーションがあるので、コンプリートには最低でも三千円程度はかかる。順調に一種類ずつ出てきてくれればいいのだが、カプセルはランダムでマシーンにセットされているのでほとんどの場合はダブりが出る。そのロスを含めても欲しいと思わせるだけの高い完成度の商品を作るのが、私たちに課された仕事だった。

企画プレゼン会議は毎月一回あり、一年後の発売に向けた企画の提案を一人一案以上行う。採用される新企画の枠は一枠か二枠なので、その少ない枠を毎月十人の部員で争うのだ。採用になった人はその企画の担当をして、採用にならなかった人は過去から続いているシリーズの新しいバージョンを考えたり、版権キャラクターを使用した手堅い企画、クリエイターの持ち込み企画など、比較的勝手の知れた仕事を担当することになっている。

轟木さんは企画部のエースで、毎月のように人気企画を次から次へと出している。一年前に発売されたカプセルトイもロングセラーとなり、再生産をかけて今でも街中で見かける。それに比べて入社三年目の私は少しも爪痕を残せずに、今までのプレゼンでは部長に痛いところをつかれてばかり、ほとんど採用を出すことができないでいるのだった。

会議開始時刻である十一時の十分前までに、私たちは縦長の会議室に着席する。長机を二つ繋げた島を囲むようにぐるりと椅子が並べられており、高層ビルと青空が切り取られた窓際には大きな移動式のモニターが置かれ、その付近にある部長が座る席にはあらかじめ出力した全員分の企画書が積まれていた。部長以外の全員が案を出すこの会議では、企画書は一案につき一枚で、その中にタイトルとアイテムのイメージ図や企画の意図、こだわりのポイントなどすべての情報を詰め込まなくてはいけない。街中でひと目見て欲しいと思わせるものを作るのだから、何十枚もの資料よりもキャッチコピーやイメージビジュアルの魅力で勝負しなくてはならないのだ。十一時ぴったりに部長が会議室に入ってくると、その場にいる十人全員が起立してお疲れ様です、と一礼をする。特に合図があるわけでもないのに、部長が席に腰を下ろした後に全員がゆっくりと同時に座った。プレゼンの順番は年次が若い順なので、必然的に私がトップバッターになる。会議室に流れるものものしい空気に気圧されながらも、モニターの前に立ってパソコンを操作し企画書を表示させた。

「何？　これは」

部長はフォックスフレームの眼鏡を片手でかけ直し、企画書を指さして鋭い目で私を見つめた。私の一枚目の企画書のタイトルには「リンゴリアン」と書かれている。私は深呼吸をしてゆっくりとリンゴリアンについて話しはじめた。

「りんごって二つに切るとなんだか断面が宇宙人みたいに見えるじゃないですか。だから、りんごとエイリアンを合わせてリンゴリアンです」

企画書には、頭がりんごの断面になった細長い体型の宇宙人の絵を五体描いていた。でこぼことしたクレーターのある月面に立っていて、背景には宇宙が広がっている。この時点で、部長の鉄仮面は寸分も崩れていなかった。私はその表情に萎縮して、若干声を震わせながらも話し続ける。

「このシリーズでは五種類のフィギュアを作るのですが、りんごの種類は赤りんごのふじ、ジョナゴールド、紅玉それから青りんごの王林と黄りんごのシナノゴールドをモチーフに作ります。正面の顔はりんごの断面を、背面の後頭部はりんごの表面をそのまま再現するのですが、そこに品種のシールが貼られているのがポイントなんです。この右端の図がそのイメージです」

私がそう話し終えると、部長は親指でこめかみをぐりぐり押してうーん、と唸り、きっかり三秒沈黙した後に私に向かって言った。

「これ、流行ると思う？」

「果物をモチーフにした動物のフィギュア商品は市場にもありますし、赤は来年のトレンドカラーにもなっていますし、ちょっとキモカワイイ？　みたいなものって癖になって流行るかなあって思って、それに」

部長は私の説明を途中で遮るようにして、

「まず、このエイリアンはどっから来たの？　その果物のフィギュアって売り上げの数字はあるの？　どこで、どの年代に流行ってるの？」

「え、ええとですね。えーっと」

私がもごもごと言い訳をでっち上げようとしていると、有無を言わせぬ声色で部長は言った。

「そもそもキモカワイイって言われてもねぇ。この絵からしてまず全然可愛くないのよねえ」

部長は私の描いたリンゴリアンをボールペンの先で小突くようにコンコンと叩いた。そう言われてしまうと弁解の余地もないのだった。それは主観だろ！　と人差し指を突きつけて言うこともできない。この会議では部長の主観が絶対なのだから。はい、という私の小声は会議室の静けさの中に飲み込まれていった。

「じゃあ次。これは？」

部長はリンゴリアンの企画書を裏返して脇に置き、その下から出てきた「オインクスタンプ」の企画書を指さした。モニターに映っている企画書をリンゴリアンからオインクスタンプに切り替える。

「これは豚の鼻がスタンプだったら可愛いかなと思って考えました。輪郭がハートの形になっていて、鼻の穴の部分が文字になっているんです。文字は『ＯＫ』や『至急』や『極秘』など学校や仕事で使えそうなバリエーションがあります。オインクというのは英語圏での豚の鳴き声なんですけど、スタンプを押す際に豚の胴体を摑むと実際に鳴き声が出るようになっています。職場で普段使いできますし、デスクに置くと、こう、アクセントにもなります」

今回は遮られることなく最初から最後まで説明することができた。四本足で立っている胴の長い豚の絵も我ながら可愛く描けている自信作だった。まあ、一番の自信作はリンゴリアンだったのだが。

「これ、どうやって音出すの？」

部長にそう訊ねられて、企画書のどこにも音を出すための機構について書いていなかったことに気づく。スタンプの文字を考えるのに精一杯で、音を鳴らす方法までは考えていなかったのだ。私は咄嗟に、今朝轟木さんに渡したバス降車ボタンのことを思い出した。

「中にボタン電池式のスピーカーとスイッチを仕込んでそこを押すと音が鳴るようにする、とかでしょうか」

私の提案を、部長は鼻で笑って言った。

「電池式って、あなた、それじゃあ随分重たくなりそうだし作るのにコストがかかりそうだけど？　そこまでして音を鳴らす必要、あるかしらねえ？」

容赦なく問い詰められ、足が震えてもう立っているのがやっとだったその時に、会議室の入り口付近に座っていた轟木さんが手を上げて明朗な声で言った。

「たとえば、胴体をシリコンで作って中に鳴き笛を仕込むのはどうでしょうか？　それだったら、そこまでコストをかけずに作れると思いますよ」

鳴き笛というのは主に幼児向けのぬいぐるみなどに使用される、押すと音が出る仕掛けのパーツだ。そのアイディアは私には思いつかないものだった。部長は目の色を変えて轟木さんの方を見ると、なるほどねと感心したように言った。

「それなら、作れなくはないかも」

私は轟木さんの助け船によってついに採用がもらえるのではないか、と足に力を込めて姿勢を正した。だが、部長は再び眉間に皺を寄せはじめる。

「でもねえ、これ、昨年出した佐藤くんの『ペンギン印鑑』にアイディアが似ているのよねえ。あれ、もう困っちゃうほど売れなかったでしょう？」

こういうことを本人がいる前で言ってしまうのが部長という人間なのだった。佐藤さんは口角をぎこちなく上げて気まずさをごまかすように笑ったが、ほとんど声にならずに空気が漏れているだけだった。部長はそれを気にもとめずに続けた。

「そうだ、子供にも使えるようにスタンプの柄をハートとか音符にしてみるのはどう？」

そんなことしたらターゲットがぶれて結局どこにも響かなくなるのでは、と思ったことを細心の注意を払いつつ控えめに伝える。

「あの、学生や社会人向けの企画として考えていたものでして……」

「ふーん。じゃあこの案は劣後《れつご》ということで、では次の人」

そう言って部長はオインクスタンプの企画書を裏返してリンゴリアンの企画書の上に重ねた。それで強制的に私のプレゼンは終了した。その時、部長の背後にある窓に切り取られた青い空には右下から左上に向かって、白い影になった飛行機が飛んでいた。飛行機は五分に一度くらいの間隔で会議室の窓を右下から左上へ、ほとんど同じ軌道を描いて流れていく。それと同じ間隔で部長は「劣後」を連発した。粛々と発表される案に対して、「クリームソーダのメタルチャームって、君は何回クリームソーダで乗り切るつもりなの？　いい加減もう古いと思うけど。劣後で」とか「スモーキーカラーねえ。ちょっと、うちの企画としてはお洒落すぎる気がするのよねえ。劣後で」とか「季節的に今じゃないって感じね。また今度検討しましょう。というわけで劣後で」というような鋭い指摘を次から次へと繰り出した。それらに対して誰一人切り返すことができず、企画書はどんどん裏返しになって積み上げられていった。私は部長の劣後、劣後、劣後を聞いているうちに、もしかして劣後というのは「レッツゴー」って意味なのではないかという気がしてきた。その案、行っちゃいなさいよ！と実は背中を押してくれているのではないか。しかしそんなことは決してなく、いつも会議の後の企画書には不採用のハンコが押されて戻ってくるのだった。

　ちょうど会議の折り返し地点で、轟木さんのプレゼンが始まった。モニターに映る綺麗にまとめられた企画書には、新聞の切り抜き画像や出典の明確なグラフ、市場を明快に説明するかのような場所や人々のイメージ写真が添えられている。絵も私よりずっと綺麗に描かれていた。

「今、Ｙ２Ｋって流行ってるじゃないですか、でもこれから狙うべきはＹ３Ｋだと思います」と轟木さんは切り出した。Ｙ２KとはYear2000の略語で、平成のトレンドを新鮮なものとして取り入れるファッションのことだ。ここ数年で十代を中心に流行り出している。その前は昭和レトロブームで、その前は韓国コスメブームで、そのずっと前はロリータブームとかゴシックブームとか色々あった。流行り廃りは猛烈なサイクルでやってくるので、私たちは常に飽きられることがないように、次のトレンドを予測して新しいものを作らなくてはいけない。今はそれがＹ２Ｋというものなのだった。轟木さんは企画書の中にある、最近新宿にできたネオンサインが光る薄暗い空間のゲームセンターの写真をさして話しはじめた。ピンクや緑色の明かりに照らされた若い男女でとても賑わっている。特に、手前に写っている女性のミニスカートは光沢感のあるシルバーで、鮮やかにネオンライトを反射させていた。

「平成懐古な風潮のあとに訪れるのは、どこか近未来的でCGっぽいテイストだと言われています。ファッションもメタリックや透過性のある素材を使ったものが流行ると言われていて、実際に、最近の十代の人たちは写真映えを狙ってこういうアミューズメント施設などに行くという話をよく聞きます。あと、実際にこんなものも売られていました」

そう言って轟木さんはフィギュアを箱から取り出した。大きなヘッドホンをつけたサイバーパンク風の格好をした女の子のフィギュアで、韓国雑貨のお店で売られていたらしい。精巧な作りだった。「よくできてる」「可愛いー」「こんなのあるんだ」とそれを見たみんなが口々に言って場が沸いた。フィギュアに夢中になる部員たちを引き戻すように轟木さんは言った。

「今回はこのようなテイストの小物をストラップにした企画です。透明なバイザー風のグラスやヘッドホンのミニチュアを五種類ほどラインナップします。バッグにつけてもいいですし、実際にマスコットなどにつけて遊ぶこともできます」

そう言いながら、轟木さんは企画書の右下にあるクマのマスコットにシルバーのヘッドホンを取りつけた図をさした。「あら、可愛いわね」と部長はこぼした。その表情は会議が始まってから初めて綻んでいた。

「他社にも事例はまだありませんし、チャレンジしてみる価値はあると思うのですが」

轟木さんは最後に部長の目をまっすぐに見つめてそう言うと、部長は満足げな表情でゆっくりと頷いた。轟木さんの企画書は裏返されずに机の真ん中に置かれた。

「上手くいったらはまるんじゃないかしら。いいんじゃない？」

このようにして轟木さんの案は大体採用される。私より六年先輩なだけなのに、勘が優れているのか、何が売れるのかわかってしまう先見の明を持っているようだった。あと六年経っても轟木さんのようにはなれる気がしなくて、私は不安に駆られる。轟木さんの真似をして企画を考えても、同じような精度の企画書は作れないし、そもそもここ数年のヒット商品はほとんど轟木さんが作っているので、それを基準に採用と不採用を出すような流れがあって、それに乗り切れない企画はなかなか採用されないのだった。しかも、私は入社したての頃に提案した企画が大コケしてまったく売れなかったので、部長の目も一段と厳しくなっている気がする。轟木さんは私に気を遣って時期が悪かったとか、宣伝もよくなかったとか言って励ましてくれたが、そんなのは微々たるもので結局は物自体に魅力がなかったのだと思う。

会議の最後に、部長は企画書をかき集めて机でとんとんと叩いて揃えながら言った。

「ずっとこの会社で見てきたからわかるのよね。売れるものを作る人はね、いつも同じ人。売れないってことには売れない理由がちゃんとあるんです。だから、もっと見方や考え方を変える必要があるの。それができないなら企画なんてやめたほうがいいんじゃない？　うちには他にも仕事があるんだから」

誰に言うともなく、強いて言えば轟木さん以外の全員にそう言い捨てて、部長は一人先に席を立って会議室を出ていった。この後に部長は決まって喫煙室に行く。私たちは慌てて起立すると、ありがとうございました、と言って頭を下げる。部長が去ると、会議室は全員の気の抜けたため息で充満した。「部長、今日は一段とイライラしてたね」「何かあったのかな」「八つ当たりにも程があるよな」「こっちだって頑張ってるのにさ」「仕方ないよ、今月売り上げ落ちてて社長に怒られてんだから」と先輩たちは口々に言った。

会議は長引き、昼休みに十分だけ食い込んで終わっていた。私は十二時になったあたりから気が気ではなくなり、一分おきに膝上に置いたスマホで時刻を確認しながら部長の話を聞き流していたので、みんなに合わせ困ったように笑って首を傾げた。

会議室から出ると一目散にトイレへ駆け込み、スマホで通販サイトの画面を開いた。今日はなにゅなにゅのカード付きウエハースの発売日なのだ。ウエハース一パックにつきなにゅなにゅのカードが一枚入っている商品で、カードの種類は全部で三十二種類ある。なにゅなにゅには色や形にさまざまなバリエーションがあり、中には今回だけの限定デザインもある。一週間前に発売が予告されてから、今日までずっと楽しみに待っていたのだった。

　通販サイトの画面をスクロールしていくと、カード付きウエハースの商品画像の下には赤字で「在庫切れ」と書かれていた。十二時ちょうどに発売開始のはずなので、まだ十一分しか経っていないのに、売り切れとはどういうことなのか、苛立ちでため息が震える。さすがに会議中に決済までは進められないだろうと思い、二の足を踏んでいたことを後悔した。プレゼンが長引かなければ、発売開始時間ちょうどにサイトにアクセスして手に入れることができたはずだった。むしろ今日は有給を取ってでも備えるべきだったのではないか。玩具屋にも入荷しているはずだが、こんな状況だと在庫が充分にあるのか心配になってくる。

　私はSNSを開き「なにゅなにゅ　ウエハース」で検索をかけた。すると、同じ目的を持つ知らない人の投稿がたくさん流れてくる。「今日、なにゅなにゅのカード付きウエハースの発売日なのに仕事あるから買いに行けない（泣き顔の絵文字）」「なにゅなにゅのカード付きウエハース、通販サイトサーバー落ちしてやっと繋がったと思ったら完売……在庫管理しっかりしてほしい」「なにゅなにゅのウエハース、川崎店には在庫たくさんありましたよ！」「ウエハース三つ買って早速開封してみた！目当てのなにゅなにゅ出なかったからまた買う」私以外にも通販で買えなかった人がいることに心が安らぎ、実際に一足先に購入している人の報告を見てやきもきする。画面をスクロールしていると、私の一番嫌いな投稿が目にとまった。

「【交換・譲渡】なにゅなにゅ　カード付きウエハース　譲：青なにゅ、緑なにゅ、紫なにゅ　求：赤なにゅ　または　定価（＋送料）※赤なにゅは無限回収しているので高額買取も可能です。」

　アイコンと表示名に見覚えがある。自分で描いた赤なにゅのイラストをアイコンにしていて、表示名は「なな@赤なにゅ無限回収中」。ななという名前の後ろに現在の自分の状況を指し示すように無限回収中とある。またこいつだ。こいつがいるからなにゅなにゅ界隈の空気が悪くなるのだ、と私はトイレの個室に響く程度に小さく舌打ちをした。無限回収というのは、読んで字のごとく限りなく同じものを何個も集めるということである。同じ赤なにゅをいくつも集めてはそれを並べて悦に入り、これだけたくさん集めたのだと写真を公開して周囲のなにゅなにゅ好きたちに牽制がいの自慢をするのが、こういう人間の趣味なのだ。ななの投稿している写真は、赤いギンガムチェックの布の上に赤なにゅの商品を並べているものばかりだった。過去には個数制限のない赤なにゅのぬいぐるみを買い占めて他のなにゅなにゅ好きの顰蹙を買うこともあったが、そんな些細なこと、本人にとってはどこ吹く風らしい。

同じものを何個も集めるのには労力がかかる。そこにゴールはない。ゴールのないことに執着していると、どんどん周囲に対して鈍感になり、好きなもの以外のことが考えられなくなる。何かを好きでいるのは自由だが、他人に迷惑をかけるような人間にだけはなりたくないものだ。

私はなにゅなにゅの商品を買う時、同じものを複数買うことはない。なのに、こういう人を見ると、私ももっと頑張らなければいけないのではないかという気がしてきてしまう。一つじゃ私の好きは足りないんじゃないか、一つよりも二つ、二つよりも三つ、もう少しだけ持っていたほうがいいんじゃないだろうかと思ってしまう。

続けてフリマサイトを開き、同じように「なにゅなにゅ　ウエハース」で検索する。なにゅなにゅのカード付きウエハースを発売日に買えない人のために、優しさの方向性を間違えた人たちが高値で卸していることがあるのだ。案の定、赤なにゅのカードがウエハース一パックの三倍の値段で販売されていて、その中のいくつかは実際に売れていた。フリマサイトで買う人も、ＳＮＳで譲渡を繰り返す人もみんな自分のことしか考えていない。私たちが本当に考えるべきは、なにゅなにゅの未来についてではないのか。これから先の、なにゅなにゅの発展ではないのか。

こういう主張の激しい人たちがいるせいで、なにゅなにゅの商品を作っている人は赤なにゅの人気があるのだと思ってしまう。そうして赤なにゅの商品ばかりが作られて、その他のなにゅなにゅの商品が作られなくなる。赤なにゅは確かに可愛い。人気があるのもわかるが、その他のなにゅなにゅにだって赤なにゅとはまた違った可愛さや魅力がある。赤なにゅばかり集めるのは、結果的になにゅなにゅの多様性に大きな損害を与えているのではないか。


集中できない午後の業務をやり過ごし、仕事帰りにＳＮＳで見かけた川崎のホビーショップに向かうと、なにゅなにゅのカード付きウエハースはまだ在庫が充分にあった。私が売り場に到着すると、なにゅなにゅのキーホルダーを鞄につけた冴えない感じの女子高校生二人組が食玩売り場の前で立ち話をしていた。

「またブラインドだよ。何個買う？」

「三個ずつ買って、欲しいやつ出たらお互い交換しない？」

「わかった。でもあたし、限定のアイスなにゅだけは絶対に欲しいんだよね。もし出なかったら追加で買おうかな」

「レート高い赤なにゅとか出せたら交換できんじゃない？」

「それなー」

そんな会話をしばらく続けながら、一向に商品を手に取る様子はなく、かといってその場を離れようともしない。私ははやる気持ちが抑えきれずに、はやくどいてくれるよう遠巻きに念を送ったが、効果は得られなかった。彼女たちの目の前にはビニール袋でパックされたなにゅなにゅのカード付きウエハースが並んでいる。お小遣いの少ない高校生だと、いくつ買うか、目当てのカードが出なかったらどうしようかと迷うのだろうが、自ら家計を支える社会人の私はそんなことで迷わない。

とうとう待ちきれなくなった私は、ずかずかと女子高校生たちに向かって進み、二人の間を引き裂くように手を伸ばすと、後ろの方に積まれている未開封の大きな箱を手に取った。その箱の中には三十二個のウエハースが入っていて、三十二種類のカードが確実に一枚ずつ入っている。箱買いすれば欲しいカードが手に入らないなんて惨事は起こらない。私は赤なにゅをたくさん集めたい人間ではないが、できるだけすべての種類のなにゅなにゅを所持していたい人間なのだ。

ウエハース三十二個入りの箱買いで四千九百五十円。二人の視線はいきなり目の前に現れた手の行方を追って、箱を摑んだ私の顔にたどり着いた。呆気に取られた彼女たちの表情には、箱買いする私に対する羨望と嫉妬と敗北の色がじわじわと浮かんでいた。もしかすると、欲しいカードが被っていなければ交換してもらおうという悪知恵も働いていたかもしれない。だが、全種類一枚ずつカードが欲しい私にとって、その要求を呑むことはできない。女子高校生二人組の張りつくような視線を感じつつも、私はしたり顔で颯爽とレジまでウエハースの箱を持っていった。その時、自分が一番なりたくない人間と同じ表情をしている気がして、はっとした。まるでなにゅなにゅを集めることの喜びが、他者に対して優越を感じる喜びに転化しているみたいで、邪なことを考えてはいけないと首を横に振る。なにゅなにゅはこんなふうに悦に入った顔をしない。言葉なんかなくても、そんな性格でないことはその凪のような顔と緩やかな動きを見ればすぐにわかるのだ。

○

仕事を切り上げてから商業ビルに入っているゲームセンターへ急いで行くと、フロアとゲームセンターの境目である床のタイルが切り替わるあたりに森本さんは立っていた。仕事が立て込んでいたせいで三十分ほど遅れてしまったので、私は謝りつつ森本さんの顔色を窺うように見上げた。怒っているわけではないが、許してもいないような、曖昧な顔つきだった。

今日はなにゅなにゅ収納ボックスが入荷する日だった。今まで森本さんに取ってもらったり、自分で買い集めたりしてきたなにゅなにゅグッズを収納するのに便利なので、是非とも手に入れたいと思い、森本さんに入荷日を伝えて頼むと、二つ返事で時間と場所の候補を出してきたのだった。

筐体の前に立ち、手前に置かれている折りたたまれた収納ボックスに狙いを定めた森本さんは、落とすための手順を何パターンか私に説明した。私には何も協力できることがないのだが、頷きながら森本さんの戦略を肯定した。

以前、森本さんにどうしてクレーンゲームがそんなに上手なのかと訊ねると、取り方のコツがまとめてあるサイトと動画があるのだと教えてくれた。クレーンゲームは、無闇やたらにボタンを押しているだけでは景品を取ることはできない。運よく取れたとしても、必要以上にお金を使ってしまうことになるそうだ。森本さんはクレーンゲームオタクの人らしく、カチャカチャ丸いボタンを押しながらこう語る。

「上達には数をこなすことが必要不可欠ですからね。今まで培ってきた技術が人の役に立って、さらに腕を磨く機会を得られるなら、こんなに嬉しいことはありませんよ」

それを聞いた私は改めて森本さんの才能に感心した。私が森本さんと同じだけクレーンゲームに時間とお金を費やしても、その分の後悔が募るばかりだったのだから。

森本さんと出会ったのは春先のことだった。その日はなにゅなにゅビッグクッションの入荷日だったので、私は仕事の帰りにゲームセンターへ寄った。なにゅなにゅビッグクッションの筐体は奥の方にあった。ディスプレイ用として奥にぎゅうぎゅうに積まれているなにゅなにゅの手前に、アクリルの無色透明な石が敷き詰められており、その上に円形のなにゅなにゅビッグクッションが二つ、別々の方向を向いて寝転がっていて、アンビタッチでくっついている二つ折りの紙タグにはフルカラーで「なにゅなにゅＢＩＧクッション」と書かれていた。「ＢＩＧ」は雲みたいな吹き出しで囲われており、のほほんとした丸ゴシックの書体である。その下には無心そうな、笑っているのか泣いているのかもわからない、ただ可愛いということしか察せられないなにゅなにゅがいた。目が合うと思わず口もとが綻ぶのを感じる。

　財布の中には百円玉が七枚、千円札が二枚入っている。私はとりあえず百円玉を五枚コイン口に投入した。筐体に張りつくように正面と横を行ったり来たりしながら、手前にあるクッションの真上にクレーンのアームを移動させる。ゆっくりと降下したアームはクッションを押しつぶしただけで、少しも持ち上げはしなかった。どのようにしたら持ち上がるのか見当もつかないが、まさかまったく持ち上がらない仕組みにはなっていないだろうから、運よく景品が移動してくれるのを期待するしかないと思い、一番と二番の移動ボタンを交互に押し続けた。クッションは目の錯覚と言われれば納得してしまうほど少しずつ移動していった。

何度かボタンを押してもアームが動かず液晶パネルを見ると、赤い文字がゼロを示していた。再びコインを投入しなければならない。私は思わずゴールまでの距離をコインの枚数で測ったが、少なくともここから千円はかかりそうだった。他の人に取られないよう、早足で両替機に向かって千円札を百円玉に崩し、戻って再び五百円を投入する。

それからも、なにゅなにゅビッグクッションはアームに弄ばれるように左を向いたり、右を向いたり、うつ伏せになったりを繰り返し、そのたびに私の心は掻き乱された。まるでなにゅなにゅとクレーンゲームが手を組んで私を苦しめているようにも思えた。絶対に欲しいものが目の前にあるのに、手に入れることができないもどかしさ。コインが減るたびに焦燥感が増す。百円でも安く、できるだけ早く手に入れたい。そう思えば思うほど、アームは思ったように動いてはくれなかった。千五百円を使ったあたりで、ようやく落下口の周りを囲うアクリル製の壁にクッションがもたれかかった。ここまで来たらあと少しだ。私は慎重に手前にアームが来るようにボタンを離した。下降したアームはぎゅっとクッションと壁を挟み込み、なにゅなにゅの顔はアクリルの壁に押しつけられてくしゃっと歪んだ。もう少し、なんならその手触りすら手の内に感じるようになった矢先、見間違いと信じたいほどにアームが不規則にぐらついた。クッションは側面から落下し、タイヤが転がるようにして奥の壁にぶつかって倒れた。その情けない動きを目の当たりにし、私は思わずああっと叫びながら、両手でばんっと窓を叩いた。なにゅなにゅビッグクッションは、完全にアームでは届かない場所まで転がってしまったのだ。今まで関係を構築してきたそれを見捨てて別の方向に転がっているクッションを狙う気にもなれず、私は店員を探しにカウンターへ向かった。どうしても取れない場所に景品が転がってしまった場合は、店員に頼むと、アームの届く位置まで移動してもらえるのだ。

　店員は腰に下げた鍵を使って窓を開けると、クッションを元の位置に戻してくれた。私は作業する店員の傍らでさり気なく、これ何度やっても取れなくって大変ですう、と高い声を出して同情を誘ってみたものの、店員は頑張ってください、とさわやかな笑顔でエールを送ってカウンターへ戻ってしまった。ここの店員はハズレだなと思う。つまり、また一からやり直しだった。絶望的な気持ちで再び千円札を崩し、アームと格闘する。無意識に歯を食いしばっていて、ボタンを押す手にも力が入る。いつの間にか財布に残っているのは百円玉二枚のみだった。なにゅなにゅは再び落下口に近づいていたが、どう考えてもあと二百円で取れそうにはなかった。

　百円玉をつまむ手は心なしか震えていた。このまま諦めて帰ってしまうと、二つのボタンを何度も押すだけのことに二千五百円を使ったことになる。すでに私の部屋にはなにゅなにゅビッグクッションを置くためのスペースを空けているので、すごすごと手ぶらで帰るわけにはいかなかった。これからＡＴＭへ行くか。だが、もし五千円下ろしてきたとして、それでも取れなかったらどうするのだろうか。一万円くらいまでなら使ってもいい気もするが、それだけ使っても取れるかどうか、途方もない確証のなさが不安を煽る。もしかすると、ここは諦めて別のゲームセンターに行ったほうがもっと簡単に取れるのではないだろうか。いや、もっと難しい可能性もあるし、これに使った二千五百円がまったくの水の泡になってしまう……そんなことを考えているうちに、私は一体何をしているのだろうという空虚感で呆然としてしまう。

いつもは轟木さんと来ていたのだが、都合が合わずに一緒に来られなかったのだ。轟木さんは器用で勘どころがよく、重要な場面でいつも代わりにボタンを押してくれていたので、本当は予定を合わせて一緒に来たかったのだが、ここ最近のなにゅなにゅの人気を考えると、入荷日に行かなければ取り尽くされてしまうという最悪の事態も考えられた。

私は立ち尽くしながら自分のゲームセンスのなさを呪った。私が唯一やるゲームといえば美容室にいる間の時間潰しであるクイズゲームくらいで、思い返せば、今までどんなゲームでも最後までクリアしたり、いい成績を残せたりしたためしがなく、それはクレーンゲームも同様だった。ゲームセンターについてから、すでに三十分以上が経過していた。集中力はとうに途切れ、だんだんと騒々しい音に揉まれて気が遠くなってくる。アームを動かす時に鳴るわざとらしいビームみたいな効果音や待機中の踊るようなメロディが攻撃的な響きとなって、全方位から私に侵入し、自分の輪郭があやふやになっていくようだった。

「あの、代わってもらってもいいですか」

なので、背後からかけられたその声は実際よりも大きく、刺すように私の耳に届いた。はっとして振り返ると、ワイシャツを着てデイパックを背負った仕事帰りのサラリーマンと思しき男が立っていた。少し不機嫌そうに口を真っ直ぐに閉じており、銀縁眼鏡の向こうにある神経質そうな細い目は光を映さずにこちらに向けられていた。華奢で、猫背気味だったが、背丈は私より頭ひとつ分ほど高く威圧感があった。思わずひっと声が上がり、圧倒されるままに、すみません、すみません、と口走って横に外れた。待てよ、外れていいのか？　と思ったが、そうせざるを得ないような空気がその場には流れていた。男は百円玉を一枚投入すると、ボタンに手をかけた。私は男の背後からまじまじと透明な箱の中を見つめた。そこで、目を疑うような技術が披露されたのだった。何が違うのか素人目にはまったくわからないのだが、的確な位置調整とアーム使いの妙で、一回目にしてなにゅなにゅビッグクッションは垂直に持ち上がり、上昇の負荷にも耐えて左に移動し、穴の真上でアームが開かれると吸い込まれるように落下した。

私の二千五百円分の努力は一体何だったのだろうか。口を半開きにしてその様子を眺めていると、男は筐体の下にある口からなにゅなにゅビッグクッションを取り出し、両手に持って振り返った。

「これ、よかったら、どうぞ」

そう早口で言われた時、一瞬何が起きたかわからなかったが、頭よりも先に、身体がその幸福を享受しようとしていた。

「え、いいんですか？　いや、悪いですよ」

申し訳なさそうにそう口を動かしながらも、両手は控え目に差し出されたなにゅなにゅビッグクッションへ触れるほど伸びていた。

「別に、取るのが好きなだけなので」

男はそう言って、どぞ、と赤べこみたいにぺこぺこと頭を下げた。

「えーすごい！　すごいですよ、こんなに簡単に取っちゃうなんて、えー、すごいなあ。本当にいいんですか？　ありがとうございます！　やったー！」

私は目の前になにゅなにゅビッグクッションがあることに興奮し、それまでに感じていた不安や焦燥から解放されて今にも泣きそうなほどだった。それを見た男の目は少しだけ優しげに歪んだ。

私はなにゅなにゅが好きで、このクッションは絶対に欲しかったのだと伝えると、男は家にいくつかなにゅなにゅのぬいぐるみなどがあるので、よかったら全部あげましょうかと提案してきた。私はそれを聞いて少し戸惑ったのだが、その景品の中には回収を断念して持っていなかったハロウィン限定なにゅなにゅマスコットもあったので、ありがたく喜んで引き取ることにした。その際にＬＩＮＥを交換し、私は男の名前が森本さんであることを知ったのだった。「森本」という名前の横にある丸いアイコンにはグレーの濃淡で表現された人影が写っているだけで、何の画像も登録されていなかった。私は季節ごとに無料で配布されるなにゅなにゅのアイコン画像を使っていて、この時はさくらを頭につけているなにゅなにゅのアイコンだった。

　森本さんはクレーンのアームが緩く難しいとされている筐体や、取りにくそうな位置に置かれている景品を、コイン何枚で取れるかに挑戦して楽しんでいるらしい。そのため、取った景品には特に興味がなく、いったん部屋に持ち帰りはするものの、部屋に溜まってきたらまとめてリサイクルショップに売りにいく、という一連の流れを今まで繰り返していたという。よくわからない趣味だったが、お金を払って純粋にゲームを楽しんだ結果景品も手に入っているのだから、私よりも効率がいいことをしていると感じた。

　翌週、再び同じゲームセンターの前で待ち合わせた森本さんは、肩から大きなビニール袋を提げていた。ゲームセンターでもらえる綿の紐で絞るタイプの透明なビニールの袋で、いろんな形と大きさのなにゅなにゅがぎゅうぎゅうに詰め込まれていた。それを差し出された時に、私はサンタクロースが本当にこの世界に実在するのだと感動を覚えた。

「うわー！　ありがとうございます。本当にありがとうございます」

私はそう言いながら財布を取り出すと、森本さんはちょっと驚いた様子で手をぶんぶん振った。

「お金は受け取れません」

そう言われても、ただでこんなにたくさんのなにゅなにゅをもらうわけにもいかず、私たちは何度か払う、受け取れない、のやりとりを繰り返した。森本さんは自分が楽しくて取ったものだからお金は受け取れないと譲らなかった。その上こんな提案までしてきた。

「よかったらこれからも取りましょうか、なにゅなにゅ」

「えっ、悪いですよ……でも、そういえば今日、なにゅなにゅタペストリーの入荷日なんですけど、ここのゲームセンターにも入荷しているらしくて」

饒舌になった私も、実を言うとどこかでそうなることを期待していたのだった。森本さんに取ってもらえるならきっと私が一人でやるよりもコストを削減できるだろうし、効率よくなにゅなにゅを集めることができるはずだった。だが、そうなるとさらに申し訳なさが募ってくる。

「さすがに私しか得をしないのは悪いですよ、なんかお礼できないですか？　なんでもいいので」

ゲームセンターの入り口前で、私が縋るようにそう言うと、森本さんは、なんでもと言われても、と天を仰いだ後、少しだけ目を泳がせて逡巡し、深刻そうに、おずおずと言った。

「じゃあ、あの、頭を、撫でたりとか」

その時、私は森本さんではなく森本さんの向こう側、私たちと同じようにゲームセンターの前で誰かを待っているらしい女と目が合った。女は一人でスマホを眺めていたのだが、突然こちらへ顔を向けたので、思わず私も見返してしまったのだ。女は口をぽかんと開けたまま、声の主を盗み見るような鋭い目つきをしていた。その顔が私と同じような表情をしている気がして、それがあまりにも驚嘆を帯びていたので、そのぶん私は少し冷静になることができた。固まっていた口角を上げ直し、どちらかというと森本さんではなく、女に宣言するように口を開いた。

「なんだ、そんなことでいいんですか」

今までそんな提案をされたことがなかったから少し戸惑ってしまっただけで、別に胸や尻を揉みたいと言っているわけではないし、頭なんて無断で叩かれたり、手を置かれたり、髪をぐしゃぐしゃにされたりすることもある場所なのだから、そんなに特別なことではないだろう。頭を撫でさせるくらいでなにゅなにゅの景品が手に入るのならば、むしろかなり安いのではないかと思った。少なくとも、何十分もクレーンゲームと格闘し続けるよりは遥かに時間もお金もかからない、簡単なことだった。そうだ、こういう時のために私は美容室で縮毛矯正をしていたのかもしれなかった。せっかく高いお金を払っているのだから、この髪も何かの役に立つべきではないか、それが他でもないなにゅなにゅのためだと思えば、こちらからお願いしたほうがいいくらいではないか。森本さんは自ら提案しておきながら、二つ返事で了承した私に動揺して、本当にいいのか、やっぱりやめておいたほうがいいのではないかと何度も訊ねたが、私は大丈夫ですよ、と笑顔を崩さないように気をつけた。

　私が森本さんの方を見ながら、どうぞ、と言うと、しばらく居心地悪そうに固まっていた森本さんは小声でぼそぼそと言った。

「え、あの、下向いてくれませんか」

「なんでですか」

「あ、ええと、見られたくないんです、顔」

　そう言われ、私はやむを得ずうつむかなくてはならなくなったので、向こう側にいる女の複雑そうにちらちらとこちらを気に掛ける横顔を見ることはできなくなった。

地面のアスファルトを落ち着きなく見回していると、突然冷たくて硬い指が私の頭に触れ、思わず肩が上がった。冷静になろうとすればするほどに、身体がこわばっていくのがわかった。それが伝わらないように、口を固く結んで目を瞑り、鼻で深呼吸をしながらじっとするように努めた。

その時、私は過去にこんなふうに頭を撫でられた時のことを思い出した。私は昔から、基本的に頭を触られるのが嫌いだった。中学生の頃、男子と喧嘩して大泣きしていた私を慰めるように、先生が頭を撫でてきたことがあって、友達はなぜかそれを羨ましがったが、私はその時安心感よりも不快感が上回って泣き止んだのだった。森本さんの手は想像していたよりも控えめで、撫でるというよりは軽く触れたに近く、手のひらのぎこちない震えが髪を揺すって頭皮にまで伝わった。その時間は五秒ほどで、森本さんはすぐに手を引っ込めた。思ったよりも短かったからか、想像していたような不快さは残らなかった。

顔を上げると森本さんは緊張した面持ちでありがとうございました、と言った。こちらこそ、と私は見上げて微笑んだ。この時手に入れたなにゅなにゅタペストリーは、現在私の家のトイレの壁に掛かっている。

あれからまだ二ヵ月ほどしか経っていないが、すでに森本さんにはいくつものなにゅなにゅを取ってもらっている。今日のなにゅなにゅ収納ボックスは八回目、七百円で取れた。

「どうして、そんなに好きなんですか？　なにゅなにゅ」

　収納ボックスを両手で掲げてそのデザインを念入りに確認していると、森本さんに高揚とは真逆の声色で訊ねられ、途端に我にかえった。

「そうですね……何になりきっても似合う、多様性のあるところがいいんですよね。どんな自分でも肯定してくれているみたいな感じがするというか。この何考えてるかわからない感じの虚無顔も癒されるし。動画を見てハマったんですけど、なにゅなにゅがくるくる回ったり飛び跳ねたりするだけの十秒くらいのやつで。それが絶妙におかしくって可愛いんですよ。最近部屋がなにゅなにゅだらけで、たまにもう集めるのやめようかなって思うこともあるんですけど。でもあれですよ、ころころ好きなもの変えたりする人っているじゃないですか。優柔不断っていうか、信用できないって感じがしません？　それでもう簡単に降りられないというか、後に引けなくなってきた感じなんですよね。あ、そんな話どうでもいいですよね」

　なにゅなにゅの魅力を語っていたはずなのに、いつの間にかなにゅなにゅを集めている言い訳めいたことを口走っていて、少しだけ罪悪感を覚える。森本さんは訊いておきながらいまいちピンときていない様子で、関心がなさそうな顔で頷いているだけで、そういう相手に本当のことを語れば語るほど、ただでさえ希薄な関係はあっさり立ち消えてしまう気がした。森本さんはクレーンゲームが好きなだけでなにゅなにゅが好きなわけではないし、私もなにゅなにゅが好きなだけでクレーンゲームが好きなわけではないので、会話はことごとく一方的なものばかりだった。

「あ、じゃあ、どうぞ」

私は今日も同じように森本さんに頭を差し出す。こんなことで、なにゅなにゅのお礼がちゃんとできているのだろうか。せめてもの気持ちとして、私はここ最近ちょっといいヘアトリートメントを使うことにしている。些細なことだが、そのくらいしか私にできることはないような気がするのだ。

仕事机の上は年中混沌を極めている。隅に積まれたフィギュアは３Ｄプリンターで出力したもの、その型通りにプラスチック樹脂で成形後、塗装したもの、その初校と再校と三校までいってもまだ微妙なつくりのもの、等々。それらが全六種類の場合は六倍、透明なビニール袋に包まれてこんもりと山になっており、一つひとつは小さいもののパーテーションで区切られていないと雪崩が起きそうなほどなので、確認が必要になった時に探し出すのも一苦労だった。たとえば、つい先ほど来たメールのように。

袋の山に右手を突っ込んで中を探る。ごつごつとした樹脂の角に刺されながらも、心当たりのある形状を指先で認めて引き抜いた。袋の中には、売り物のカプセルから出てきても誰も文句を言わない完成度のサンプルが入っている。受話器を手に取り、ボタンとメールの署名を目で三往復しながら外線電話をかける。三コール目で相手が電話に出た。社名を告げて担当者を呼び出すと、溌剌さの中に芯の通った冷たさ、私よりもやや多くの難題を乗り越えてきたおかげで力をつけた威厳のある女の声がする。

「本日、最終のサンプルを確認してメールさせていただいたんですけど。あのー、ひまわりちゃんの髪と目の色が原作と違うんですけど、これ、どういうことでしょうか」

ひまわりちゃんは私が生まれる少し前にアニメ化して以降、根強いファンのいる魔法少女で、この会社でも何年かに一度は商品を作っている手堅い版権キャラクターの一つだった。今回は本来六頭身のひまわりちゃんを二頭身にしたフィギュアを全六種類のカプセルトイとして販売することになっており、変身時の姿が四種に制服姿が一種、私服姿が一種というラインナップだった。三日前、その最終塗装サンプルのチェックを権利元にメールで依頼していた。何も問題がないのなら三日くらい返事が遅れても許容できるが、問題があるのならば三日も待たせないですぐに返事をしていただきたいものだ。私が今ひとつ事の重大さを理解していないとぼけた声で、はあ、と言ったのを敏く聞き分け、相手は私の過ちをくどくどと説明しはじめた。

郵便はがき

料金受取人払郵便

小石川局承認

1144

差出有効期間
令和8年3月
31日まで

112-8731

〈受取人〉
東京都文京区
音羽二―一二―二一

㈱講談社
文芸第一出版部 行

ご購読ありがとうございます。今後の出版企画の参考にさせていただくため、アンケートにご協力いただければ幸いです。

お名前

ご住所

電話番号

このアンケートのお答えを、小社の広告などに用いさせていただく場合がありますが、よろしいでしょうか？　いずれかに○をおつけください。

【 YES　NO　匿名ならYES 】

＊ご記入いただいた個人情報は、上記の目的以外には使用いたしません。

TY 000072-2401

書名

Q1. この本が刊行されたことをなにで知りましたか。できるだけ具体的にお書きください。

Q2. どこで購入されましたか。

1. 書店(具体的に：　　　　　　　　　　　　　　　　)

2. ネット書店(具体的に：　　　　　　　　　　　　　　)

Q3. 購入された動機を教えてください。

1. 好きな著者だった　2. 気になるタイトルだった　3. 好きな装丁だった

4. 気になるテーマだった　5. 売れてそうだった・話題になっていた

6. SNSやwebで知って面白そうだった　7. その他(　　　　　　　　　　)

Q4. 好きな作家、好きな作品を教えてください。

Q5. 好きなテレビ、ラジオ番組、サイトを教えてください。

■この本のご感想、著者へのメッセージなどをご自由にお書きください。

ご職業　　　性別　　　年齢

10代・20代・30代・40代・50代・60代・70代・80代～

「いいですか、ひまわりちゃんの髪と目の色は通常時と変身時で違うんです。通常時の髪は焦茶色で目は黄色、変身時の髪は黄色で目はオレンジ色なんです。この制服のフィギュアみたいに髪が焦茶色で目がオレンジ色だったことは、今まで一度もないんですよ。そういうルールなんです」

そんなルールを持ち出されても、私はこの魔法少女のアニメが放送されていた時にはまだ生まれていなかったわけですし、それに、

「あの、でもデザイン確認時に焦茶色の髪とオレンジ色の目でＯＫをいただいていたみたいなんですけど……」

私は正論で揚げ足をとるように、来た球が地面につく寸前のところで打ち返す。仕事はテニスのラリーのようだ。長丁場なので体力を温存するべく、できるだけ少ない手数で相手から来た球を打ち返す。それもできるだけ相手の労力の割合が多くなるように。その分だけ、自分が楽をできるから。

「それは、見落としていたこちらにも非はあります。すみません。ですが、最初に資料としてガイドラインを提供していたはずですし、今までこんなことはなかったので……とにかく、絶対に直してもらわなくちゃ困ります」

あっさり謝罪した上で無理にかなり強い打球を返してきたので、気圧された私は球を取りこぼして沈黙してしまう。この人は直前に問題が起きるのを防いだと思ってい

るのだろう。かたや私は修正によってスケジュールの遅延や追加費用が生じないことを祈るばかりだった。トラブルに直面した時に機転を利かせて被害を最小限に抑えられる人が仕事のできる人のように見えるが、本当に仕事ができる人間は綿密な確認作業によってめったにトラブルを起こさないものだ。たとえどれだけ周到に行動したとしても、自分一人で完結する仕事ではない限り、理解できないミスや誤解は決して少なくない頻度で起こる。余計な仕事を増やすような人間を呪うことでしか進んでいかない日々で、一体誰が得をするというのだろうか？

「では社内で検討してお返事します。もう一度確認しますが、制服のひまわりちゃんの正しい目の色は黄色であっていますね？」

「ええ、そうしてください。直していただかないと、こんなの、ファンの方が見たらどう思います？」

「それは、ちょっとカラコン入れたのかな、とか」

あはっ、と乾いた笑いが受話器の向こうで漏れ、私は細い針で突かれたような痺れを感じた。

「ひまわりちゃんは中学生だからカラコンなんて入れないんですよ」

だったらちゃんと確認しとけよ、と今にも出そうになった言葉を飲み込む。この監修だって、こちらからアニメの権利元に確認を取って、そのアニメの権利元が出版社に確認を取って、出版社が漫画の原作者に確認を取るという気が遠くなるような伝言ゲームで、その分、時間がかかるので、スケジュールも早め早めに動いている。なのに、いつの間にか少しずつ通常スケジュールに追いつかれてゆき、ゴール手前でこのようなことが起きる。今までの努力が水泡に帰していくのをぶくぶく感じながら片頬を膨らませた。重たい空気が身体を内側から押し広げるように溜まってゆく。

「進行状況の確認もありますので、またご連絡します。必ず直しますので」

受話器を置いて、ガスを抜くようにため息をつく。たったいま生じたこの後やるべきいくつもの面倒について考えた途端に心が死んでゆき、できることなら何もしたくなかった。何もしないまま一日置いて、漬物みたいに責任の所在や問題の軽重が変質したらどれだけよいだろうか。しかし過去を振り返ると、放っておいて状況が改善したことなど一度もなく、変わったとて劣化した記憶しかない。

工場に連絡をすると、使用する塗料の配分が変わるとかで本来かかるはずのなかったコストが上乗せされるらしい。明らかに面倒臭そうな声色だったが、もしかすると、私の声を反響させていたのかもしれない。金額はまた後で連絡するとのことだった。轟木さんにおずおずと声をかけ、修正内容とコストの加算を報告すると、私から轟木さんへ驚きと申し訳なさが伝染し、それが私を引き連れた轟木さんから課長に伝染して、私と轟木さんを引き連れた課長から部長には伝染せずに、終始苛立っている部長の「ぁええー?」という大袈裟な反応と吐き捨てるような「ま、じ、か、よ」が金槌で楔を打ち込まれるみたいに課長の心に突き刺さる。それを轟木さんの背後からおっかなびっくり見届けたところで、昼の休憩時間になった。私は午後に半休を取っていたので、トラブっておいて自分は今から休みかよと思われないように申し訳なさを装いつつ、パソコンの電源を切り、こそこそと荷物をまとめはじめた。

今日は東京駅で初めて開催されるなにゅなにゅポップアップショップの初日で、私は十四時からの入場抽選に当たっていた。カエルのかぶり物をしたなにゅなにゅがメイン商品で、そのほかにも今回限定の雨傘やビニールポーチなどが売られることになっていた。とりあえず集め続けているマスコットはマストで、雨傘もシンプルなシルエットのデザインだったので使う機会があるかもしれないし買っておこうと思う。それぞれ千五百円と二千五百円。それから、カエルのかぶり物をしたなにゅなにゅのマグネットがブラインドで六種類あり、箱で買うと四千五百円だった。今のところ八千五百円にプラス税で予算としては一万円以内に収まる予定だ。なにゅなにゅ以外の趣味は特にないので、少しでも食指が動くものは買うことにしている。過去に、欲しいけど今はまだ必要ないかもしれないと思い買い控えたなにゅなにゅが永遠に手に入らなくなったことがあり、そんな後悔をするくらいなら欲しいものは買える時に買おうと決めた。

スマホの予約画面を表示させて係の人に見せると、十四時からの入場待機列はすでに十名ほど並んでおり、最後尾に案内された。列に並んでいる人たちは、大なり小なりなにゅなにゅのファンだとわかるような見た目をしていた。彼、彼女らのバッグにはなにゅなにゅのマスコットがついていたし、なにゅなにゅをイメージした服装をしている人もいた。それを意識した途端、緊張が走った。私のトートバッグには昨年発売のあじさいなにゅマスコットがぽつんとついているのみで、心なしか寂しく震えているように見えた。それも仕方がないほどに、なんだか、この場にいる人たちはその場で牽制しあっているような感じなのだ。平日にもかかわらず、初日に並んで買いに来るファンなだけあって熱意が違うのだった。周囲を品定めするような視線と、欲しいものが手に入るかわからない不安で気が立っているようで、とにかくみんな、なにゅなにゅとは正反対の心持ちで列に並んでいるように見えた。

　私の目の前にいた頭ひとつ分くらい背の低い女は特に派手なほうで、ちょっとここまでどうやって歩いてきたのだろうというくらいなにゅなにゅに埋もれていた。なにゅなにゅのバッジがびっしりついたリュックを背負っており、三つ編みおさげの黒髪にもなにゅなにゅのヘアゴムやヘアピンがぼこぼこついていて、きのこが生えているみたいだった。それが落ち着きなさそうに揺れ、あたりをキョロキョロ見回しては、自分が一番なにゅなにゅを身につけているという事実に安堵しているようだった。

反対に、私の後ろに並んだ背の高い女は、私と同じように肩にかけているトートバッグになにゅなにゅのマスコットが一つついているのみだったが、そのマスコットは今から五年前、なにゅなにゅが誕生してから初めて商品化されたものだった。ネットオークションで定価の五倍もするプレミア価格で売れていたのを見たことがある。ほんの少し黒ずんではいるが、五年経ってもまだ大切につけているのだから相当大事に扱っているのだろう。彼女もいろんななにゅなにゅのマスコットを持っているはずだが、こういうなにゅなにゅ好きが集まる場所に出てくる時にそのマスコットをつけてくることの意味を、どうしても考えてしまう。

愛情の量を測る天秤は人によって異なるので、多くのお金を使うことと、長い時間見守り続けることの二者を単純に比較することはできない。だが、私がなにゅなにゅを好きになったのは三年前なので、後者にはいつだって敗北を感じざるを得なかった。どれだけたくさんなにゅなにゅを持っていても、唯一埋めることができないのが時間だった。もちろん、なにゅなにゅがこの世界に生まれてから現在に至るまでの歩み、人気を得るきっかけとなったいくつかの転機や、今とは微妙に異なる初期のコンセプトなどは調べ尽くして把握しているが、時間を巻き戻してその頃のなにゅなにゅをリアルタイムで追いかけることができたら、どれだけいいだろうか。しかしどう足掻いても、今、自分が捧げられるものを捧げることしか私にはできないのだ。

　私がこの場で前後の女たちに唯一勝っている点といえば、髪質くらいなものだった。目の前の女のなにゅなにゅに包まれている頭は天辺にあるつむじが薄いように見えて、髪は脂っぽく店内照明を反射させていた。湿気で細かな毛が広がっており、三つ編みの形も歪だった。後ろの女はカラーを繰り返した茶髪のボブヘアで毛先が傷んでおり、枝毛が光に当たって白髪のように見えた。私も自分の髪が少し心配になり、スマホの黒い液晶の反射で確認したが、問題はない。梅雨時期にもかかわらず、私の黒髪は肩甲骨の下あたりまですとんと真っ直ぐに落ちていた。最後に美容室に行ってからは一ヵ月ほど経過していたが、縮毛矯正の質は保たれている。森本さんと会うようになってから、特に髪には気を配るようになった。頭髪を綺麗に保つことは、森本さんの満足度につながる。浮いたクレーンゲーム代で、以前よりも多くのなにゅなにゅを買うことができるので、結果的に私はなにゅなにゅを効率よく集められる。

　入場開始時間になり三十人ほどが通されてからは、店内の秩序はほとんどないに等しかった。形ばかりの順路はあったものの、みんな欲しいものが並ぶ棚へ一目散に進み、まずはマスコット、その次はポーチ、その次はブラインドのマグネットやアクリルスタンドへと押し合い圧し合い進んでいった。私は実物を見てビニールポーチも欲しくなり、咄嗟の判断でカゴへ放り込んだ。ポーチは引き出しにしまいきれないほど持っていて、これ以上買って何に使うのかとも思うが、とにかく、周りの人がカゴに入れているとつい対抗心で入れてしまいたくなるのだった。ステッカーセットやカラーペンセットにも気づいたら手が伸びていて、レジで提示された金額は一万二千五百円だった。店員にクレジットカードを差し出し、人差し指を立てて一括で、を示す。

　スムーズに会計を終え、広場をパーテーションで仕切っただけの店を出たところで、赤いギンガムチェックのワンピースを着た女が素早く寄ってきて、こちらの出方を窺うように話しかけてきた。

「あのー、ブラインドのマグネット、欲しいの出ましたか？　もしよかったら、交換しませんか？」

　女がまとっているギンガムチェック柄には見覚えがあった。記憶を探り、思い出すとともに嫌悪感が湧いてきた。それは、ＳＮＳでよく見た赤なにゅの商品がたくさん並べられている下に敷かれた布と同じように見えた。もしかしてこの女、「なな＠赤なにゅ無限回収中」本人ではないか。そう思った途端、鼓動が速くなるのを感じる。入場待機列には並んでいなかったので、前の入場回で買い物を済ませた後ずっとこの場所で待っていたのかもしれない。そうだ、こいつはこういうことをするんだ。ななは赤カエルなにゅのマグネットの交渉を持ちかけるため、ポップアップショップから出てくる客に誰かれかまわずに話しかけているようだった。方法は簡単。個数制限の上限である三箱分マグネットを買って出口で待機し、ブラインドで赤カエルなにゅを引いてしまい、それ以外が欲しかった人には交換を、あるいは赤カエルなにゅだけ少し上乗せした価格での買取を提案するだけである。ななは思っていたよりも若かった。私と同じくらいの背丈で、まっすぐなロングヘアがさらさらと重力に従って伸びていた。束感のあるまつげは上向きにカールされていて、瞼には大粒のラメが白く光っている。その化粧の具合から大学生と予想するが、どこにそんな経済力があるのか不思議だった。赤なにゅのマスコットがついた大きなトートバッグの中には、箱買いしたマグネットやキーホルダーが開封された状態で収まっている。

「もしかして、お姉さんも箱買いですか。もし赤カエルなにゅがいらなかったら、一個他の色と交換しませんか？」

私のことを同類だと思ったのか、品のない笑みを浮かべて親しげに擦り寄ってくるその態度を見るにつけ、私はこの女が得をするようなことは絶対にしたくないと思った。

「いえ、結構です。私には六種類全部必要なので」

声を張ってそう言いながら、私は餌を独り占めするハイエナのように袋を抱えて一歩引き下がった。

「あらー、そうですかー」

片手を頬に添え、眉を下げて残念そうに、だがとても親切そうな人を演じてななは言った。ザマアミロと思う。なんでも自分の思いどおりになると思ったら大間違いなんだよ、と毒づいたそばから私は自己嫌悪に陥った。なにゅなにゅは絶対にこんな意地悪なことを考えたりしないはずなのだ。好きなものを目の前にすると、どうして社会の目を忘れて理性を失い、醜態を晒してしまうのだろうか。ななはすぐに私を諦めて他の人のもとへ駆け寄り、同じ内容の話を浅ましく持ちかけていた。

ポップアップショップの滞在時間は三十分ほどだった。先ほどから執拗に震えていた社用スマホを見ると、轟木さんから着信が五件とメッセージが届いていた。

「半休なのにごめん！　ひまわりちゃんシリーズ、今日の十八時プレスリリースだよね？　先方からファンの人が混乱しちゃうから写真の色すぐに直してほしいって連絡が来たんだけど、ファイルどこか教えてくれる？」

目に入った瞬間、眉間に皺が寄って私は宙を仰いだ。なにゅなにゅに夢中ですっかり忘れていたひまわりちゃんの現実に、一気に引き戻されてしまった。他人に冷たくしたバチがこんなに早急にやってこなくてもよくないか。轟木さんにお願いするのは恐れ多いし、画像フォルダの場所を説明するのも煩わしかった。

ファンを人質にされると、こちらとしては直さないという選択肢はない。私もなにゅなにゅの目の色が今まで見たことがないものだったら、不審に思ってカスタマーセンターに電話をかけたり、公式サイトにメールを送ったりしてしまうかもしれない。なにゅなにゅの色と形の違いだったらすぐにわかるし、実際にあるデザインとないデザインの違いにも敏感になれる。そもそも、この企画がひまわりちゃんではなくなにゅなにゅだったら、もっとやる気が出るはずなのだ。だが、なにゅなにゅの企画を何度出しても部長は理解を示さなかった。「こういうゆるかわみたいなのって流行り廃り激しいのよねえ。来年生きてるとも限らなくない？」などと言って切り捨てるのである。

　今思えば、カプセルトイの会社に就職できたのは幸運なことだったが、カプセルトイを仕事にすること自体が必ずしも幸福であるとは限らなかった。学生の頃、レジンでアクセサリーを作ったり、羊毛フェルトでマスコットを作ったりするのが好きだった私は、雑貨を作っている会社を何社か受けて今の会社に内定をもらうことができた。自分一人では作れないような物を作ることができ、しかもそれが日本だけでなく世界中に届けられるのだと、期待感でいっぱいだった。だが、働きはじめてから、自分がよいと思うものではなく売れそうなものを考える仕事なのだと理解していくうちに、期待の方向が間違っていたことに気づいた。自分の努力が、数字というなんとも無機質な形で還元されるようになり、状況によって評価が上下する指標には実感が湧かなかった。加えて、仕事の内容は多岐にわたり、品質について検討したり、説明書を作ったり、キャッチコピーを考えたりと、好きでも得意でもない作業も多かった。私は特に説明書を作るのが苦手で、入社したての頃は何度もミスをして怒られていた。

　なにゅなにゅを見つけたのは、そんなふうに目標もやりがいも見失って落ち込んでいた頃だった。慣れない社会人生活で、会社へ行くこと以外何もできない時期でもあった。部屋のベッドに寝転がってスマホを眺めている時、丸くて可愛い何かが上下に伸び縮みしているだけの短い動画をＳＮＳで見つけた。その他にもいくつか、右から左に歩いていくだけの動画や、ただぴょんぴょん跳ねているだけの動画があり、気がつくと一時間以上スマホをフリックしながらそれらを眺めていた。その単調な動きと無表情な顔がすっと頭に染み込んで、じわじわと心が解けていく感覚があった。アカウント名を検索して調べていくうちに、それがなにゅなにゅというキャラクターであることを知った。

　ちょうどその時期、よく行くコンビニで小さな袋入りのチョコレート菓子を三つ買うとなにゅなにゅのクリアファイルがもらえるキャンペーンをしていた。お菓子のおまけにもらえるならと思い、普段はコンビニでお菓子なんて買わないのに三つ買った。クリアファイルは水色と黄色の二種類あったので、お菓子がなくなったらまた三つ買ってもう一種類ももらった。Ａ５サイズのクリアファイルを部屋にあるまっさらな机の上に立てかけると、いつでもなにゅなにゅと目が合った。それは、久しぶりに何かを手に入れて嬉しいと思った瞬間だった。その日から、出かける時は無意識になにゅなにゅを探すようになった。仕事のためになりつつあった趣味の雑貨屋めぐりを、再び純粋な楽しみとして感じられるようになり、自然と出歩く機会が増えた。そこでたまたまなにゅなにゅを見つけることができると嬉しくて勢いで買うようになり、クリアファイルの前にマスコットを三種類並べたあたりで、たまらなくなった。もっと欲しくなった。部屋のどの方向を向いていても目に入るようにしたかった。調べていくうちに毎月のようにさまざまな種類のなにゅなにゅグッズが発売されていることを知り、しかも全部可愛いので、それが部屋にないということに耐えられなくなった。そうすることで生活をやっていけるような気がした。集めることと同時に、いつかなにゅなにゅのカプセルトイを作ることが私の目標となり、そのために仕事を頑張ろうと思った。

どうして、部長はなにゅなにゅの企画をすべてボツにしてしまうのだろうか。なにゅなにゅぷっくりチャームも光るなにゅなにゅミニライトも絶対売れると思うのに。なにゅなにゅは今年五周年でこれからという時期なので、人気のピークは早ければ来年、そこからなにゅなにゅ一強の時代が訪れて、十年近くは続くはずだ。というか、続いてくれなければ困る。

二十分後に帰社する旨を轟木さんに返信し、駅の改札へ向かった。幸い作業は簡単で、画像補正ソフトで写真の色を少しいじるだけだった。文明の利器ってやつは本当に素晴らしいと思う。わざわざ会社に戻ってきたので、他の仕事も済ませてしまおうとメールフォルダを開くと、ひまわりちゃんの目の修正費用が送られてきていた。関係者に転送するために、申し訳なさそうなメール文を考えはじめる。

本来はそのまま家に帰ってすぐに開封されていたはずのなにゅなにゅたちは、袋に詰められたまま床に置かれている。それはサンプルの入った段ボールや紙袋にまぎれて、デスク周りを一層野暮ったくしていた。

○

森本さんとは何度もゲームセンターで会ってきたが、こんなことは今まで一度もなかった。じゃあいいですか、と言われたので、いいですよ、と言ってその場で箱を抱えたままほんの少しだけうつむき、森本さんの黒いスニーカーのあたりを眺めていると、森本さんの右手が私の頭の天辺に置かれて、髪の流れに沿って手のひらは滑り落ちた。いつもはそれを何往復かして終わるのに、その後シャンプーをする時みたいにわしゃわしゃ遠慮なくかき混ぜられた。だんだんと指先に力がこめられてきて、指圧で頭が少しだけ痛かった。つぼ押しのように硬い指先で頭皮が押し込まれているが、マッサージというよりは片手で頭をわし掴みにされているようだった。それに、いつもより時間が長い。

　少し様子がおかしいと思いはじめたあたりから秒数を数え出したが、二十秒経っても無言のまま終わる気配がなかった。撫でられている間は顔を動かすことができないので、穴が空きそうなほどスニーカーを見つめていたところ、突然、ぐんと下に向かって押されて気道が狭まり、思わず「うっ」と低い声で唸ると、その声に驚いたのか、森本さんは指先に静電気が走ったみたいに手を離した。喉に手を当てて顔を上げると、森本さんは自分でしておきながらひどく心配するような、焦った表情で何度も謝ってきた。少し咽せ、肩を上下させながら呼吸をしていると、森本さんの右手が私の左肩に伸びてきたので、私は咄嗟に後ろに身を引いてそれを手の甲で払った。払った後に、その手が私を気遣って差し出されていたかもしれないことに気づいたが、右手はすでに引っこめられていた。

　この日、退勤後にスマホを見ると、森本さんから川崎のゲームセンターになにゅなにゅバスタオルが入荷したという情報が届いていた。毎月膨大に出るグッズの新着情報を一人ですべてさらうことが困難になりつつあったので、情報提供はとてもありがたい。柄が二種類あり両方取ってくれるというので、急遽私たちは仕事終わりに待ち合わせたのだった。縦長の透明な箱に入ったバスタオルは二つ合わせて千円で取れた。

手ぐしで乱れた髪を整えながら、もしかすると、今日は髪をコテでウェーブに巻いていたので、それが気に入らなかったのかもしれないと思った。森本さんが私の頭を撫でることはお金の代わりみたいなものだが、髪のコンディションは日によってさまざまなので、お金と違ってその時々で量も質も変わる。だからといって、ここまで乱暴になるものだろうか？

「あの、本当にすみません。こんなことは、もうしないので」

申し訳なさそうにうつむき、私のつま先あたりに視線をやりながらおどおど謝る森本さんを見て、私の頭を撫でていた時はどんな顔をしていたのだろうかと思った。

「何か、嫌なことでも？」と訊ねると、森本さんは「いえ、何も」と言って動揺を振り払うように首を細かく横に振った。

その時、プリクラ機の中から出てきた制服を着た女子高校生四人組が団子になってこちらに向かってきたので、私たちは壁際に避けた。プリクラ機に集う高校生を見て、森本さんが気まずい空気を変えるように言った。

「プリクラとか、撮るんですか」

森本さんの言葉はいつも主語が欠けている。そのせいで、二人でいるのに、私に対して言っているのだとわかるまで時間がかかった。

「え、私ですか？　撮らないですよ。高校卒業してから撮ってないかも」

「そんなに変わらないのに」

ぼそっと口走ったその何気ない一言が無性に引っかかり、森本さんの独り言のようなつぶやきはだいたい聞こえないふりをしている私だったが、聞き流すことができなかった。

「いや、全然違いますよ。私、働いてますし」

少し強くなった語気に、森本さんは固まって返す言葉を探しはじめた。森本さんはいつもあらかじめ用意してきた台詞を言っているようなところがあったので、想定外の質問をすると時々フリーズする。しばらく口をぱくぱくさせて目を泳がせた後、腰をかがめて否定した。

「ああ、いや、高校生みたいに見えるなって思っただけですよ。僕みたいなのからしたら」

その態度に喜べばいいのか怒ればいいのかわからなくなった私は、ええー……と困ったように笑うことしかできなかった。森本さんは自分を卑下しているようにも見えたが、ほとんど私のことを高校生だと思っているらしかった。高校生みたいであることが褒め言葉に値しているような雰囲気すらあった。私が高校生に見えるということは、森本さんも自分のことをせいぜい二十八歳くらいだと思い込んでいるということだろうか？　それとも、私もたまに高校生と中学生の区別がつかないのと同じように、三十四歳の森本さんから見れば自分より歳下の人はみんな高校生に見えるのだろうか？　その時私は、すっかり対等だと思い込んでいたお互いに持ちうるものを提供し合うこの関係を、根本から揺るがすような認識の差を垣間見たような気がした。

　ゲームセンターの入り口の壁には、沿うようにして二段に積まれた二十台ほどのカプセルトイマシーンが並んでいた。出る間際、私はその中に『くらげブックマーカー』を発見して立ち止まった。『くらげブックマーカー』は私が入社してから、唯一採用されて販売にまで漕ぎつけたカプセルトイで、三ヵ月で主要な売り場からは消えたはずだったが、まだ生き残っているのを確認でき少し嬉しくなった。五種類のくらげを模したブックマーカーで、触手形のスピンを十箇所に挟むことができる優れものなのだが、ほとんど売れなかったという月報を聞いた。なので、誰も回さずに在庫が残っているだけなのかもしれない。私が側面からその中身を確認するように覗き込んでいると、森本さんは私の機嫌を窺うように訊ねた。

「それ、欲しいんですか」

　まるで代わりに買ってくれようとでもしている口ぶりだったので、私は首を横に振って「いや、そういうわけじゃないんですけど」と否定した。

「森本さんってガチャガチャやったりしますか？」

「いえ。何が手に入るのかわからないのにお金を使うって嫌なんですよね。なんか、全部運任せって感じがして」

「ああ、そうですよね」

私は自分で作ったＰＯＰを眺めながら海水に浸されていくような、薄ら寒い気持ちになった。海の写真を背景にくらげブックマーカーたちがひらひらと浮遊していた。

駅までの道のりをつかず離れずの距離感で歩きながら、揺れる森本さんの紺色のネクタイをちらりと見た私は、もしかすると今日は仕事でうまくいかないことでもあったのかもしれないと思った。声をかけてみようかと口を薄く開いたり閉じたりしているうちに、ちょうど駅の改札にたどり着いてしまい、森本さんは「ではまた」と逃げ去るように私と異なるホームに消えていった。私の仕事内容を森本さんが知らないのと同じく、私もまた森本さんがどんな仕事をしているのかを知らなかった。

家に帰ってなにゅなにゅバスタオルを広げた。今まで使い続けて薄くなった無地のバスタオルと入れ替える前に、なんとなく顔に当てて、真新しい染料の、あまりよいとはいえないが嫌いでもないにおいを吸い込む。こうしてすでにあるものをなにゅなにゅに入れ替える瞬間が、たまらなく好きだった。部屋の細胞が生まれ変わっていくような、清新な気分になる。

だが、なにゅなにゅで埋め尽くされた部屋を見渡しながらふと、この有様を父が見たら何と言うだろうかと思い、冷や汗が滲んだ。父はとてつもない倹約家だった。私が小学生の頃からクレーンゲームやカプセルトイは金の無駄遣いだと言って馬鹿にしていたし、当時流行っていたシールやカードだって集めてもどうせゴミになると言って私に買い与えることはなかった。仕事に行く時はいつも沸かしたお茶をボトルに詰めていて、私が高校の自動販売機でペットボトル飲料を買っただけでもったいないと叱られた。父が私を叱る時、決まっていろんなもので軽く私の頭を叩いた。いただきますと言わずに食べはじめたら箸で叩いたし、勉強をサボると定規で叩いた。帰りが遅くなると新聞紙を丸めてぱすぱすと叩いた。子供の頃はことあるごとに頭を叩くので、テストの点が悪かったら父のせいだと思うことにしていた。そうやっていろんなもので私を叩いてきた父だったが、自分の手で直接私を叩くことはなかった。だから、撫でるどころか父が私の頭に触れたことは記憶の限り一度もないのだった。私の頭を撫でたことがあるのは、小学生の時ショッピングセンターにいた少し変なおじさんと中学校の先生と何人かの男女とあの美容師、そして森本さんだけだった。

　部屋にあるなにゅなにゅは、森本さんが取ってくれたものが半分近くを占めるようになっていた。森本さんが私になにゅなにゅを取ってくれるのは、誰かの役に立てるのが嬉しいからだと言っていた。人の役に立つということは、その人を支えているものの中の一つになるということで、役に立てば立つほどに、相手の中にいる自分の存在感が増していくような気がする。私はもう、森本さんと知り合う前の、自分一人でなにゅなにゅを集めていた頃には戻ることができないのかもしれない。

ベッドに腰掛け、なにゅなにゅビッグクッションを抱きしめる。私は、私を占めるものはできるだけなにゅなにゅであってほしい。なのに、私の部屋を占めているものに対して、今の私を占めているものは本当になにゅなにゅなのだろうか。目の前にあるものが単なるなにゅなにゅに見えなくなると、集め出した当初に感じていたやすらぎとは別の感情が渦巻きはじめるようだった。

翌週、仕事が比較的落ち着いていた日の昼過ぎに、轟木さんとリサーチに出かけることになった。月に一度くらいの頻度で、自社商品のカプセルトイの売れ行きや客層を実際に目で見て確認するのも仕事の一つだった。私たちは会社から電車で十五分ほどのショッピングモールに向かい、その中に入っているカプセルトイ専門店の様子を確認した。特に注目するのは、四段に積まれたカプセルトイマシーンの、どこに何が入れられているかだ。子供向けのシリーズは一番下の段に入っていることが多く、人気があるシリーズは大人の目の高さにあたる下から三段目に入っていることが多い。轟木さんが企画した光るミニチュアペンライトもその位置にセットされており、私たちが店内にいる間にもアイドルの写真をスクールバッグからぶら下げた女子高校生二人組が回しているのを確認できた。そこに入っているものが自分の企画だったらどれだけよかっただろう、と私が考えていることもつゆ知らず、轟木さんは、「これ見てよ、スライムってまた流行ってるのかなあ」と一番下の段に入っているラメ入りスライムのカプセルトイをしゃがみ込んで眺めていた。私もそれに倣うようにして轟木さんの隣にしゃがみ込む。

「スライムって小学生にはずっと人気ありませんか？」

「そうかも。ねえ、スライムになった文鳥のマスコットとかあったら可愛くない？　こう、ゴム製のマスコットの中にスライムが入っててさ、体が餅みたいに伸びるの。どうかな」

　そう言われて私は、白い文鳥が両端から引っ張られて伸びる様子を思い浮かべ、思わず頬が緩んだ。確かに、可愛いかもしれないと思い、いいですね、と頷く。轟木さんはいつも街中で見かけたものから企画を考えているらしく、たまに私に意見を求めてくることがある。部内で一番売れるものを作っている轟木さんが、後輩の私に訊いて参考にできることなんてないようにも思うのだが、浮かばれない後輩を気遣ってくれていると考えると、これも轟木さんらしいかもしれない。

「轟木さんはやっぱりすごいですよね。次から次へと面白いこと思いついて」

「そうかなあ。私は三川さんの企画も面白いと思うよ」

「でも、部長はいつも私の企画は売れないって言うじゃないですか」

実際、『くらげブックマーカー』は売れなかったのだし、私の自信はジェットコースターのように急降下したまま燻っている。衝撃的な損益の数字は今も忘れられずに、何を考えるのにも頭の片隅に居座って疼き出す。

「部長の言うことなんて気まぐれなんだから気にしなくていいよ。私も今みたいに採用出せるようになったのって、三川さんが入ってくるちょっと前くらいからだよ。絶対に売れないものは経験で避けられるけど、絶対に売れるものって経験だけでは作れないし。だから、こうやって街を歩いて自分の目で見るのって大事なんだよね。なんか、すごい発見をたまにしたりするんだよ」

「すごい発見？」

「そう、無理に生み出そうとしなくてもね。自分の知らない世界を教えてくれるのは、いつだってリアルな市場だよ。それをよく観察して掬い取ればいいだけなんだよ」

轟木さんの視線の先には、小学校高学年くらいの男の子がいて、しゃがんで一番下の段にあるマシーンのハンドルを回していた。夏休み期間中だからか、モールは親子連れで賑わっていた。私は入社した際に過去十年の企画資料と販売実績をチェックしたが、轟木さんは一年目の頃から売れるカプセルトイを作っていたし、その成績は年次に比例してどんどん上昇している。轟木さんのアドバイスは信じる価値があるはずなのに、私は日増しに焦りが強くなっていくばかりだった。

カプセルトイが両側に立ち並ぶ通路を歩いていくと、ちょうど私の目の高さに『なにゅなにゅマスコット3』を発見した。それは以前チェックしていた発売予定日よりも一日早く売り場に出ていた。今回は植物がテーマになっており、さくらなにゅ、バラなにゅ、四つ葉のクローバーなにゅ、すずらんなにゅ、たんぽぽなにゅ、全五種類のマスコットがマシーンにセットされていた。

これ狙ってたやつなんですよ！　と私は目の色を変えて財布から百円玉を取り出した。轟木さんは、まだなにゅなにゅ集めてたんだー、と感心したように私を見た。そういえば、森本さんと会うようになってから轟木さんとはゲームセンターに行かなくなっていた。

仕事のことを忘れてハンドルを回していくと、なにゅなにゅマスコットは順調に一種類ずつ次々と出てきたが、四つ葉のクローバーなにゅだけがなかなか出なかった。二回連続でたんぽぽなにゅが出て、その後にさくらなにゅの二個目が出て、気づくと財布から百円玉が消えていた。運悪く、紙幣も切らしている。あと一つなのに、と悔しがる私に同情したのか、これ、よかったら貸そうか、と轟木さんは財布から千円札を取り出した。私は一度遠慮したが、なんだか後に引けなくなっていたので、ありがたく受け取って両替機に向かった。それで生まれた百円玉十枚を順に投入していき、三度回してようやく四つ葉のクローバーなにゅが出た。私は赤と無色透明のカプセル越しに、緑色の影を認めるやいなや、年甲斐もなく悲鳴を上げた。轟木さんも私につられてことさらに喜んだので、隣にいた男子中学生の訝しげな視線が刺さるように感じられたが、そんなことはどうでもよかった。ようやく手に入れた四つ葉のクローバーなにゅは、ひときわ可愛く輝いていて、私はその場でトートバッグにつけることにした。

借金をしている状態はわずかでも落ち着かないので、私はショッピングモールの隅にあるＡＴＭでお金を下ろしてから、轟木さんを追いかけてバラエティショップに向かった。

リサーチの際は雑貨屋をめぐって新商品を確認したり、参考になりそうなものを購入したりすることもあるのだが、轟木さんはここのバラエティショップが特に好きで、鞄に入っているお菓子のパッケージ形のポーチやハシビロコウ柄のメモ帳、デスクに常備されている地球グミなどはすべてここで調達したものだった。

かくいう私はこの店がそこまで好きではない。店内は滞留時間を長くするための仕掛けなのかもしれないが、行く手を遮るようにうねうねとした順路で非常にわかりにくいからだ。天井までフェンスのように伸びた棚に商品が所狭しと並べられているので、店の全体を見渡せないし、おまけにTシャツ売り場に唐突にモニターが置かれていてその下にCDが積まれていたり、コスメの横にいきなりトートバッグやキャップ帽がよくわからない造花と一緒にさがっていたり、漫画コーナーの棚の上に無意味にチャッキーの等身大人形が立っていてこちらを見下ろしていたりと、置かれているものの種類にも法則が見出せず、「今この辺にいる」と言われたとしても、そのこの辺がどこなのかを突き止めることも困難である。欲しいものを打ち込めばすぐに膨大な関連商品の提案をしてくれるどこぞのネットショッピングなんかよりも、この場所はずっと密林然としている。照明も赤や緑で、チカチカして目眩がするし、もはや一種のアトラクションのようだ。

　なので、先に入っていた轟木さんを見つけるのには少し手間取った。そして、本棚を直角に曲がったあたりで轟木さんがいきなり現れ、しかも店員に手首を摑まれて捻りあげられているのを目の当たりにした時は、あまりに驚いて声も出なかった。轟木さんは捻り上げられた右手にスマホを持ち、空いた左手をバタバタ横に振って、何かを否定するようなジェスチャーを繰り返していた。それに対して、染め直したように真っ黒な髪をワックスで立たせている男の店員が呆れた顔で、困りますよ、と言っている。轟木さんは私に気づくと、助けを求めるような視線を送って、三川さん、早かったね、と言った。その表情にはまるで私という同行者がいるのだからもう大丈夫というような、自分は正常なのだと証明されたかのような安堵さえ滲んでいた。どういう状況なのかは判然としなかったが、何かよからぬことが起きているという予感だけで、すっと体温が下がったような気がした。

「この人、盗撮してたんすよ」

私は店員の発言がにわかには信じられず、頭が真っ白になった。そんな趣味があるとは聞いていないし、だがそんな趣味はきっと他人には言わないだろうし、それでも日常生活からはそんなことをする人にはどうしても見えない、などと考えていると、轟木さんは店員に言い聞かせるように否定した。

「だから違いますって、そういうつもりじゃなかったんですよ」

「じゃあなんですかこの写真は」

そう言って店員は轟木さんの右手首を強く揺すった。スマホの画面に表示されている写真には妙な既視感があった。女子高校生の腰あたりから下の部分が写っていて、ちょうど紺色のミニスカートと淡く白い太ももの境目あたりに提げているショルダーバッグには色々な形状のマスコットが大量にぶら下がっていた。この部分を上手く切り取るためには、スマホを腰の位置あたりまで下げ、盗み見るように画面を確認しながらシャッターを切る必要がある。そのせいで、わかりやすすぎるくらいの挙動不審さを晒してしまったのだろう。

以前にもどこかで見たことのあるような画角で、それが轟木さんの企画書に添えられていた写真だと気づくのにそう時間はかからなかった。参考資料として載せていたスナップ写真も、このように街中で人の持ち物や服装を撮影したものだったのだ。綺麗にトリミングされていたこともあり、私はずっとインターネットの拾い画だと思っていた。

私は咄嗟にその写真に写り込んでいたレコード形のポーチをさして、「これ、私が欲しかったポーチだから、あったよって知らせようとしてくれたんですよね？」ともっともらしく轟木さんに訊ねた。轟木さんは「そうそう」と首を激しく縦に振った。

その場でスマホに入っている写真を削除して、私はレコード形のポーチを手に取った。お金を払う客に対して粗暴な扱いはできないからか、それとも店内にそこまで権限のある人間がいなかったからか、店員は納得いかない表情で「今度から気をつけてくださいよ」と言い残してレジへ向かった。結局、千円するポーチを買って貸し借りがゼロになった私たちは、店をそそくさと抜け出した。その後、轟木さんは他の雑貨屋をめぐっている時にもきまりが悪そうに「本当にごめんね」とか「まさか声かけられるとは思わなくってさ」とか「こんなの初めてだよ」と言い訳めいたことを五分おきくらいにつぶやいていた。今更ながら、この発言から初犯でないことは明らかだった。私は、そんな轟木さんを見るのは初めてのことだったので、その言葉に形だけ同調しつつも、今まで轟木さんに抱いていた信頼と尊敬が風化してぼろぼろと崩れていくのを感じた。

　駅に入ってこのまま会社に戻るため、スマホで乗り換え案内を見ていると、轟木さんは何かを発見したようだった。

「あ、待って」

　そう言って立ち止まった轟木さんの目の先には、カプセルトイ専門店でミニチュアペンライトを回していた女子高校生二人組が歩いており、ちょうど改札に吸い込まれていくところだった。轟木さんが吸い寄せられるようにその方向へと足を伸ばしたので、私は轟木さんのショルダーバッグのストラップを軽く摑んだ。

「轟木さん、帰りの改札そっちじゃないです」

「私、今日このまま直帰するわ」

　振り返り、そう潔く言った轟木さんがこれから何をしようとしているのか、直感的にわかってしまい、引き止めなければと思う。

「待ってくださいよ。さっき注意されたばかりじゃないですか」

「だって、あの子たちがどんな話をしてるかとか、この後に行くお店とか、買うものとか、知りたいじゃん。大丈夫だって、ちょっと見るだけだし」

そう言われて、ストラップを摑んでいた手が緩んだ。もしかすると私のほうが間違っているのだろうかと思った。轟木さんはいつもと変わらない真っ当な目をしていたからだ。そして、わずかな時間も惜しいというように、そのまま二人を追いかけて会社とは別方面の改札を抜けていった。轟木さんを追いかけようとした私は、Suicaの残高が足りずに改札のバーに腰をぶつけた。どうして私はこうなんだろう。この機械に、私は一生そっちへは行けないと言われているような気がした。一気に突き放されて置いていかれたようでもあり、いろんな意味で裏切られたようでもあった。

　人に迷惑をかけていると自覚し出すと、時間は引き伸ばされたように長く感じられるものだ。背後で私を迷惑そうに避け、左右の改札を通り抜けていく人々はみんな無言で私を責め立てているようだった。それでも、女子高校生を追いかけて階段を上る轟木さんが完全に見えなくなるまで、私はそれを見届けなくてはいけないような気がして、その場から動けなかった。会社という枠組みの外にいる轟木さんの後ろ姿は、あまりにも不自然に浮き出て私の目に映った。

　一人で帰社した私は、机の端に沿うようにしてなにゅなにゅなにゅマスコットを横一列に並べてみた。ダブりが出た分はリサイクルショップに持っていき、それでもまだスペースが足りないのでパソコンの横に置くための棚を買ってこよう、などと考えている私の背後には気づくと部長が立っていた。思わず庇うようになにゅなにゅマスコットたちをかき集める。家に置ききれなくなったので、ついに会社の机を整頓してなにゅなにゅスペースを作ることにしたのだが、それを見た部長はため息をつくように言った。

「三川さん、ほどほどにね」

実に嫌味っぽい口ぶりだ。部長の机はいつも地の白い面積が多くまっさらで、普段の発言からも趣味の片鱗すら見えてこなかった。

「そんなに好きなの？　いまいち理解できないのよねえ、これ」

「部長にも欲しい物くらいありませんか？」

そう言ってしまった瞬間に思わず私は口もとに手をあてた。あからさまに見下しているような「これ」呼ばわりについかっとなってしまったが、今のは少し反抗的すぎたかもしれない。部長の様子を窺うように見上げると、私の発言はあまり気にせずに思案しているようだった。

「物って場所取るし、正直お金の無駄だと思っちゃうのよね。結局、消費って精神的な寂しさを物理的に埋めようとする代償行為みたいなものだから、旅行に行くとか、習い事をするとか、別のことで補完すれば充分じゃない？　まあ、そういう価値ある体験にお金を使えない人が、うちの商品をたくさん買ってくれるんでしょうけど」

そういうもっともらしいことが、たまに部長の机の上に置かれているビジネス書に載っているのだろうかと私は思った。部長が会議で語る顧客に対する分析的な見解はほとんど話題のビジネス本の引用であると、部署の先輩たちが言っていたからだ。部長は五年前まで営業部で課長をしていたらしいのだが、そこでの活躍が認められて、この部署の部長に抜擢されたらしい。企画者として現場の仕事をしたことがないうえに、物に対する愛情を持ち合わせていないため、この部署にいるほとんどの人たちとは相容れないようだった。「随分と高尚なご意見で」と言いそうになるのを堪えつつ、黙って頷く。私にとっては部長の借り物の言葉なんかよりも、目の前にあるなにゅなにゅのほうが言葉一つ発しないのに心に染みていくものがあった。

　部長は轟木さんに用があったようで、一緒じゃなかったの？　と訊ねられた。私の脳裏には夢中で階段を駆け上がっていく轟木さんの後ろ姿が思わずよぎったが、平静を装って答える。

「直帰するみたいです。なんだか、もう少し寄りたいところがあるそうで」

「あらそう。相変わらず、熱心ねえ。三川さんも見習ってね」

　そう言って私の肩をぽんと叩くと部長は自席へ戻った。能天気な部長の発言に私は苛立っていた。轟木さんが通報されたら、この人はどんな顔をするのだろうか。いや、それさえ仕事に必要な熱意として見習うよう促されるのかもしれない。非常識だと思ったが、この職場における常識が何なのか、私にはもうわからなくなっていた。

心が荒んでいる時は美容室へ行くに限る。日曜日の朝一番に向かうと、髪オタクの人である品田はふんわりとパーマのかかった黒髪になっており、どことなく犬っぽい雰囲気をまとっていた。店に入り、麦わら帽子を外すと、品田は「夏場は紫外線が強いから髪のためにも帽子は必須だよね」と満足気に頷いた。特に髪のことを考えてかぶっていたわけではないが、そうですね、と適当に頷いた。

　おおよそ三ヵ月ぶりに美容室を訪れた私は、今日はどうしたの？　と品田に訊かれる。前回、三ヵ月後に来いと言われたから律儀に来たっていうのに、なんでそんな対応なのだろうかと思ったが、日々多くの人の髪の世話をしているのだから、私一人のことを覚えていないのも仕方がない。仕方がないとは思いつつ、手に持っている顧客情報が書かれたカルテにそういうことを書いておくべきなのではないか、とクレームを入れそうにもなる。

「絡まりが気になるので、少し整えてもらいたいです。あと、伸びてきたのでまた縮毛矯正かけたほうがいいですかね？」

　品田は私の髪に指を通して何度か掬い上げているうちに、だんだんと私の髪にまつわる記憶がよみがえってきたようだ。絡まりを気にしてか、繊細な絹に触れるような手つきで、指先からさらさらと私の髪がほどけ落ちていく。

「そうだな、うん。でも、髪質はいい感じだよ。三川ちゃんは手入れしっかりしてるでしょう。すごく綺麗だよ」

「毎日髪洗ってドライヤーかけてるだけですけど」

「ちゃんと乾かさないで寝ちゃう人も結構いるんだよ。偉い偉い」

そう言って品田は私の頭をぽんぽんと軽く撫でた。森本さんと違って品田の考えていることは鏡越しの表情で手に取るようにわかる。品田は私を撫でているのではなく、私の髪を撫でているのだ。

縮毛矯正をかけるようになってから、せっかく高いお金を払っているのだから、なるべく長持ちさせたいという貧乏根性が働き、スイッチを入れると焦げ臭くなる古いドライヤーを三万二千円のハイグレード機に買い替えたのだった。ハイグレード機はスイッチを入れるとボディに埋め込まれたサインランプが青く光る。これが光っていると送風口の上についた小さな穴からマイナスイオンが出ているということらしいが、マイナスイオンは目に見えないので実証する方法はない。手元の風量切り替えスイッチの他にも丸いボタンがついていて、押すたびに熱風モード、冷風モード、熱風と冷風を交互に送風するモードや頭皮を乾かすためのモードに変わっていく。そのすべてを使いこなすことはとてもできそうにないが、そんな手に余るドライヤーのおかげで、私の髪質は品田にお墨付きをもらえるくらいには保たれている。

「じゃあ今日も綺麗にしていくよー」

そう言って品田は施術前の私の後頭部の写真を撮影した。その後バックヤードで縮毛矯正の薬剤とトリートメントを調合し、髪に塗りつけていく。私はクイズゲームのアプリを立ち上げて無言でクイズを始めた。品田は彫刻家のように私の周りを移動しながら、黙々と髪に薬剤を塗り込む。薬剤は毛髪の層に浸透し、頭皮にじわじわと冷たさが染みていく。痛みはないかと訊かれるのだが、頭全体が氷漬けにされていくようで、どちらかというと気持ちがいい。そのまま十五分ほど放置されて、数分おきに品田が髪の状態を確認しに訪れる。その時の品田はまるで髪と対話しているようだ。髪の状態が変わったのを認めた後、シャンプー台で薬剤を洗い流し、丁寧にブローとアイロンをかけた私の髪は、いつもと同じ工程で別物のように美しくなった。二度目の薬剤を洗い流し終えて乾かしている間、私は予想通りに変化する品田の表情を鏡越しにちらりと確認した。

品田は私の髪を持ち上げ、仕上げとして毛先を整えるためにハサミを通していく。しゃきん、しゃきんと髪を切りながら、綺麗になったね、と声をかけられるが、おそらく髪に向かって声をかけているので私は黙ったままでいる。こういう時はそっとして差し上げたほうがいいのだ。私はシャンプーの後に軽く肩を叩かれたあたりから、眠気がピークに差しかかっていた。

「やっぱり女性の髪は長くて黒くてつやがあるのが一番いいよね」

「そうですかねえ」

しゃきん、しゃきん。

「派手なカラーリングとか、パーマとか、ショートカットとか、俺あんまり好きじゃないんだよね。あときつく縛るのとか、お団子にするのも嫌い。あれ、髪傷むしよくないよ。ぶっちゃけそんなに可愛くないし」

「そうなんですねえ」

しゃきん、しゃきん。

「まあ、やれって言われたらやるけどね。仕事だし。でも、おすすめはしないかな」

「そうですよねえ」

しゃきん、しゃきん。

最後にトリートメントのオイルを手ぐしでさっと馴染ませると、品田は目を開けて、と私の両肩を優しく揺すった。

「ほら、さらっさら。さらっさらだよ。すごいでしょ、全然引っかからないの」

髪に華奢なくしを通してぱたぱたと揺らすと、ヘアトリートメントのＣＭみたいにさらさらと光を反射させた。私の髪なのに、品田は自分の作品を見せびらかすような自信に満ちた表情だった。私もそれに合わせて「本当だ、全然違いますね。すごいですね、さらさらですね」とできるだけ明るく言うよう努めたが、声色は落ち着きはらっていた。

「後ろも見せてあげるからじっとしてね」

品田は私の後頭部に向かってシャッターを切り、半円を描くようにスマホを動かして動画撮影までしている。まるでカットモデルのような扱いだった。

「ほら見て、綺麗になってるでしょう」

　品田は画面をスワイプして二時間前の私の後頭部と現在の私の後頭部の写真を見せた。確かに綺麗になったが、一年以上通っているのでこの比較画像は毎回見せられていてそろそろ飽き出している。別に写真に撮って見せてくれなんて頼んではいないのだが、と思いながら品田のスマホの画面を見ていると、私の写真から一段階戻って品田の写真フォルダが映った。そこには、おびただしい枚数の私の後頭部の写真が洪水のように映し出されていて、目に入った瞬間にぎょっとした。

　いつの間にこんなに撮ったのだろうと驚いてよく見ると、私の写真は二枚だけで他は全部他人だった。それなのに見間違えたのは、整列した正方形の写真に写っているのがすべてつやつやとした黒髪のストレートヘアだったからだ。丸い頭部と、そこから滝のように下部まで伸びる黒髪が正方形に切り取られ、少しだけのぞく衣服の色の違いでしか他人との区別がつかなかった。その情報さえなければ、私もまったく同じ頭髪の中の一つだった。それを理解した瞬間、さっと血の気が引いた。それらの写真には、他人のスカートを集めていたとか、靴を集めていたとか、たまにニュースで見かけるそういった事件に近いものを感じた。

「なんですかこれ」

私の不信感たっぷりの声色には気づかずに、品田は自信満々に画面をスクロールしながら言った。

「これ、俺の縮毛矯正フォルダ。みんな綺麗でしょ？　よく仕上がった髪の写真はこうやってとってあるんだ。ほら、サイトに上げたりとか、他のお客さんに見せたりとかするし」

それは、悪気なく淡々と行われている収集のようだった。私は今までこんな写真の羅列を見たことはないし、美容室のサイトに上げるといっても、ここまで多くの同じような写真が必要だとは思えなかった。それに、すべての髪が異様なくらいに黒くて真っ直ぐでつややかだった。よく仕上がったって、まさかその基準には髪の長さや色まで含まれているのか。容量が足りなくなったら見比べて選定でもしているのか。いったいどんな顔で？　薄く開いた唇が震えて熱い息がこぼれた。

「こんなの、全部同じじゃないですか」

スマホを取り上げようと手を伸ばすと、品田は素早くかわして腕を上げた。大事なものを守るような動きで、その顔には困惑が浮かんでいる。

「なに？　どうしたの」

「その写真、私の写真、消してください」

「え、なんで？　せっかく綺麗なのに」

綺麗は画像を保存していい理由になってないだろうが、と言いたくなる。そもそも、後頭部を見せるだけなら合わせ鏡で充分なのだった。撮影された後、こんな集合の一部に組み込まれていることを、私はまるで考えていなかった。今まで何も知らずにこの男に切り取られ続けていたものを思うと、辱めを受けたような悔しさが湧いてきた。

「いいから消してくださいよ」

「わかったって。消すから」

初めて聞く私の大声に気圧されたのか、ほら、と不機嫌そうに品田はカメラロールから私の後頭部の写真を消した。これで満足したかと言いたげだったが、消した後もカメラロールには知らない女の後頭部が延々と並んでいた。

それを見ていると、だんだん私はこの不快さの吐口がわからなくなってしまった。ただ気持ち悪いというだけでなく、私は腹が立っているのだった。私の髪は森本さんに撫でさせたらなにゅなにゅに換わるくらいの価値があるが、その価値を作っているのは品田で、品田は無銭どころかお金をもらって自分の好きな髪を作って、我が物顔でその髪に触れてきたのだ。私は時間や身を削って働き、稼いだお金でなにゅなにゅを集めているのに、目の前にいる美容師は仕事のついでに自分の好きなものを好きなように切り取って、それが仕事なのだと信じて疑わない。轟木さんだってそうだ。趣味であれば下手したら捕まるような行為が、仕事という大義名分を得て光ってさえ見える。

　気づくと目頭が熱く潤んで視界がぼやけていた。うつむくといつも正面を向くように言われるが、この時ばかりは何も言われず、ただ無言でスプレーのワックスを吹きかけられた。

　その後も品田は腫れものに触るような接客を続け、会計時は抑揚のない声でしゃべり、私と目も合わせなかった。品田は品田で画像を消さざるを得なかったことを、私に糾弾されたことを、恨んでいたのかもしれなかった。

○

　翌週の日曜日、私は指定されたゲームセンターで森本さんを待っていた。先週、美容室を出た後にスマホを開くと、「なにゅなにゅライトが今度クレーンゲームの景品になるらしいです。来週あたりどうですか？」というメッセージが来ていて、私は「行きます」と快諾したのだった。なにゅなにゅの形をしたシリコン製のライトは頭をぽんと叩くとぼんやりと発光する代物で、夜寝る前などにつけるととてもよく眠れそうだと思う。品田によって消耗された精神は、なにゅなにゅによって癒してもらうしかないと思った。

めずらしく少し早めに着いた私は、「先に入って待ってますね」と連絡を入れ、森本さんがいつ来てもわかるように、出入口が見える場所にいた。そばには二階建ての小さなクレーンゲームの筐体が密集して一つの島を成している。下の段にはいろんな色のなにゅなにゅの小さなマスコットが詰まっていて、マーブルチョコのような色合いだった。それらは二ヵ月ほど前に登場した景品で、私はそのすべてを森本さんに取ってもらってすでに一つずつ持っていた。小さな男の子とその隣にしゃがみ込んでいる母親がそれに五百円ほどを費やしているのを眺めていると、両開きの自動ドアの前に見覚えのあるTシャツを着て黒いデイパックを背負った森本さんが現れた。

私は、森本さんの顔を見た途端に、思わず筐体の陰に身を隠してしまった。私が急に近寄ったので、母親は息子を守るように機敏な動きで私と息子の間に体を移動させた。が、そんなことに気を取られている場合ではなかった。森本さんに声をかけなくてはと思ったのだが、何かが詰まっているみたいに喉が狭くなって声が出てこなかった。第一声が思いつかないので、足を前に踏み出すこともできず、その場で黙って森本さんを窺うことしかできなかった。脂汗が全身から滲んでいた。筐体の陰から見る森本さんは、私を探して障壁だらけの構内を見渡したあと、スマホを取り出した。数秒後に私のポケットに入っていたスマホが震えて、光った液晶画面には「どこにいますか？」と表示されていた。私はそれを既読にせずに、ポケットにしまい直した。喉もとに手をあてながら、森本さんに会うのはそういえばあの日ぶりだと思った。

　森本さんがうろうろと歩きはじめると、私は慌てて後ずさりするように森本さんの死角に入った。それから、逃げるように森本さんから一定の距離を保ちつつ、ゲームセンターの中を彷徨いはじめた。森本さんの後ろをつけるように、決して森本さんの目の前に出ていかないように、足が絡まりそうになりながらも、歩いた。森本さんは早歩きでずんずんと進んでいき、クレーンゲームの隙間を右に曲がったり左に曲がったりした。壁のように連なる筐体の中にはいろんな種類のスナック菓子の大袋が並んでいて、「お菓子まつり」と書かれた赤い三角形のフラッグが一定間隔で掲げられていた。所々に貼りつけられた初心者マークが、客に対する寛容さを示しているみたいだった。ぴかぴかした電子音が複雑なステップを踏むようなリズムで流れているせいで、場内アナウンスが途切れ途切れにしか聞こえない。まるで視覚と聴覚の役割が入れ替わってしまったみたいだった。煌々と光る電飾が目に入るたびに真空状態となって音が消えたような錯覚に陥る。森本さんが左に曲がった壁に突き当たると、セブンティーンアイスの自販機とコカ・コーラが上に五本並んだ赤い自販機が現れ、その横に丸い穴が空いたペットボトル用のゴミ箱。さらにその横にはまたクレーンゲーム、今度はフィギュアの箱が入っている。母親と娘ほどの年齢差に見える二人がボタンを押しているのを邪魔しないように避けて私も左に曲がると、森本さんが突然立ち止まって振り返ったので、私は顔がこちらを向く前に慌てて進行方向を変え、カーレースゲームの通りに入り込んだ。コックピットを模した赤くつや光りする大きな椅子たちは席の半分ほどが埋まっていて、耳鳴りのようなスキール音に、反対側の列に並んでいる格闘ゲームのケィ・オゥ、というアメリカ人っぽい男の声が重なる。ちらりと振り返るとメダルゲームコーナーに向かう森本さんの背中が見えて、私は胸を撫でおろした。五十コンボ！　という声が聞こえたのを合図に、再びさまざまな障害物の陰に入りながら森本さんの後を追う。音楽ゲームコーナーでは凄まじい速さで光るプラスチックのボタンを連打する乾いた音と、ゴム製の板をばちで叩き続ける丸い音が混ざり合い、本来聞こえてくるはずの音楽はまったく耳に届かない。両替機の前ではちょうど男子高校生が千円札を投入したので、落下する百円玉が金属の受け皿を打つきんきんという音が響く。赤と黒の制服を着た店員の男がクレーンゲームの景品をいろんな角度から確かめながらセットしている。この店は赤と黒が基調のようで、床は赤と黒のチェッカー、壁は赤、天井は張りめぐらされたパイプもろとも黒塗りで、熱いスポットライトに照らされ続けても決して伸びる心配のいらない偽物の蔓がはっている。カジノなのかジャングルなのか、はっきりしないコンセプトだ。メダルゲームコーナーに入っても、ガラス越しに森本さんの姿を確認しつつ、私は最適なルートを導き続けた。森本さんは信号機のない横断歩道を渡る前みたいに、しきりに左右を確認しながら歩いていた。私はその視界に入ることがないよう細心の注意を払う。上から見ると、私たちはパックマンみたいな軌道を描いているだろう。円柱型のメダルゲームの周囲を沿うようにぐるりと移動したところ、キャップ帽をかぶった老人に肩がぶつかって、怪訝な顔で「おい」と声をかけられてしまい、さらに何か言われる前に何度も頭を下げて「すみません」と聞こえない声で謝り続けた。そのせいで森本さんの動向を見失ってしまい、今度はこっちが探す番となると、ちょうど私と森本さんを遮るものが何もない位置に躍り出てしまった。森本さんの背中が目の前にあったので、私は慌てて後ろに下がって背後にあったエアホッケー台の陰にしゃがみ込んで隠れた。緊張で口が乾き、メダルがじゃらじゃら流れ落ちる音とパチスロ顔負けのドーパミンが分泌されそうな音楽と、まもなく終了です、というアナウンスが混ざって頭の中でぐわんぐわん鳴った。汗が冷房で冷え、風邪をひいた時みたいな寒気がする。十秒数えておそるおそる顔を出すと、森本さんは少し離れた場所でまだあたりを見回していた。私は視界に入らないように屈んだまま移動して、撮りもしないプリクラ機の中に身をひそめることにした。カーテンをわずかに開き、目だけで森本さんが再びクレーンゲームコーナー方面へ向かうのを確認すると、コインを入れてね、と促してくるギャルの黄色い声を無視してプリクラ機から抜け出した。ガラスで囲われた喫煙室の前を素通りして再びクレーンゲームのコーナーへ行き、欲しかったなにゅなにゅライトが入った筐体へ向かうと、その前にはやはり森本さんが立っていた。

　私は出ていくなら今しかない、今、トイレにでも行っていたふりをして笑顔で駆け寄ればいいのだ、と思ったのだが、どうしてもできなかった。心臓をどきどきさせたまま、森本さんの目を避けるように道なりに歩いていくと、肉体が異物を排除するみたいに、私はいつの間にかゲームセンターの出入口にたどり着いていた。さあ、寄ってらっしゃい見てらっしゃい、とリフレインする呼び込み音声とは反対に、この空間は私を外に吐き出した。

　一歩、踏み出すと簡単なもので、森本さんとの約束なんてなかったみたいに青空の下、人混みにまぎれて歩き出す。ポケットの中のスマホが等間隔で震えていたので、バイブをオフにして近くの商業ビルに入った。エスカレーター沿いに大きくサマーセールのポスターが掲示してある。そういえば、今年はなにゅなにゅにかまけて自分の夏服を一着も買っていなかった。ちょうどいい。目についた服屋でおもむろにブラウスの掛かったハンガーを手に取り、鏡の前で合わせてみたものの、釈然とせず首を傾げながら元の位置に戻す。バケットハットを手に取りかぶってみても、私の口角が上がることはなく、ため息をつきながら棚に戻した。アクセサリーショップの細い通路を目移りしながら歩いていると、回転ラックにバッグをぶつけてしまい、ピアスが乾いた音を立てて床に散らばった。あーあ、と声が出て、ゆっくりまばたきを三回してからようやく拾い集める。花、リボン、星、三角や四角のカラフルなそれらをつまみあげ、一つひとつ元あった場所に戻していく。大袈裟に散らばったのに、店員は駆け寄ってこない。他の客もしゃがみ込む私を避けるようにして、みんな自分の買い物に夢中のようだ。似たようなことをどの階でも繰り返しながら、気づけばフロアの二階から四階までを周りきっていた。結果として、可愛いと思った洋服や、アクセサリーがことごとく似合わなかった。それは、新しくて馴染みのないものだからというわけではなく、どんなに長いこと着ている服であっても、以前から持っていたお気に入りのアクセサリーでも同じで、先週からずっと身支度をする時に気になっていたことだった。鏡を見ても何の感動もなかった。毎日自分の顔を見て感動していたら相当な自己陶酔だが、そういうことではなくて、いつもよりなんかいい感じ、と思うことがなかった。その感動を左右するのはたいてい髪質や肌質で、いつもはまとまった黒髪を梳くだけでほんの少し上がっていた気分が、先週以降まったく別の意味を持って私を外側から攻撃しているみたいな感じ。この長い髪がすべて針金でできているみたいに重く、おまけに夏真っ盛りで暑いのなんの、という具合だった。これが、私の最善ではない気がする。すべてが煩わしく、全部取っ払いたいような重苦しさだけが残っていた。そもそも、この髪型は誰の趣味なのだろうか。いつの間にこんなに伸びたのだろうか。

　カチューシャをフックに戻しながら、久しぶりに抗いがたい欲求に満ち満ちていた。衝動に身を任せるままにビルを出て、その足で最初に目にとまった美容室に入った。それは以前行ったことのある美容室のチェーン店で、十五分待ってたまたま空いていた美容師に切ってもらえることになった。

「こんにちは。今日はどうします？」

　美容師は脱色した金の短髪にワックスを塗りたくり、耳にはシルバーのピアスをつけている。ちゃらついた男だった。

「髪を切ろうと思って、このあたりまで」

　私は右手で首をチョップするみたいに、切り揃える位置を示した。

「おお、結構切りますね、イメチェンですか」

「まあ、そういうかんじです」

「どうして当店を？」

「切りたくなった時に近くにあったので」

「ははは、お客さん面白いっすね。でもこれだけ綺麗だったらもったいないって思いません？」

「それは前に縮毛矯正かけてた美容師がすごい髪好きな感じで、でも、私はもういいかなって」

「ああ、なるほど、まあ、縮毛も髪によくないっすからね。休み休みがいいっすよね」

「え、そうなんですか」

そんなこと、品田からは一言も聞かされていなかった。品田は、自分の嗜好のために浅学な女を騙すことも厭わない美容師だったのだ。私は縮毛矯正についてさらに詳しく教えてほしいと話の続きを促した。

「だって、縮毛矯正って、薬で髪の繊維を破壊してるわけですからね。どれだけ綺麗に見えてもブリーチと同じくらい地毛は傷んでるんですよ。一回死んでるって思ってくれていいです」

「そんな……」

それでは私は今まで髪のゾンビを頭からぶら下げていたということか？　そもそも髪って生きているのだろうか？

「でも、本当に綺麗っすね。前の美容師さん、上手い人だと思いますよ」

　そう言いながら、美容師はなんの感慨もなさそうにバサバサと私の髪の死骸を切り落としていった。長い毛束が落ち、白い大理石の床が黒く塗りつぶされていく。おしゃべりな美容師はそのまま話し続けた。

「俺、ショートカットのほうが好きなんすよね。やっぱ襟足見えてたほうがぐっとくるっていうか」

「そういうものですかねえ」

「そうですよ、あ、最近インナー入れるの流行ってるんすけど、どうっすか。赤とか、ブリーチするだけでも結構映えますよ」

「大丈夫です」

　鏡の前に置いていたスマホをひっくり返すと、森本さんからのメッセージ通知が未読のまま十五件に達しており、二の腕に鳥肌が立った。この後のことを考えるのがひどく憂鬱になり、いつまでも髪を切られていたいと思ったのだが、手際よく髪は切り落とされていき、縮毛矯正だと二時間くらいかかる施術も、一時間ほどであっけなく終わってしまった。シャンプー台で細かい髪を洗い落とされ、ドライヤーをあてられると、信じられない速さで頭は軽くなった。うなじにバリカンを当てられ、ひりつくような感覚を味わうと、過去最高に髪の短い私が目の前にいた。

「ほら、可愛い」
耳が出た途端に猿っぽく見えて、そんなに可愛くないと思ったが、すっきりはしていた。何より、気持ちが軽くなったような気がした。これから膨大な量のシャンプーとコンディショナーが不要になる。ドライヤーの時間も半減するだろう。

会計を済ませて美容室を出ると、外は橙色の粉をまいたような夕焼け空になっていた。髪型を変えるとメイクも変えたくなってきて、デパートへ行って化粧品でも買おうかと思いたち、道をショートカットして商業ビルとパチンコ店の間にある広場に出たところで、私は立ち止まった。ゲームセンターのある方角から森本さんが歩いてきたのだ。森本さんの肩にはビニール袋が提がっており、その中にはなにゅなにゅライトの四角い箱が入っていた。森本さんは、はっとした表情で私の方を見ると、ぽかんと開けた口を閉じずに、今までに見たことがないくらいに必死な雰囲気でこちらへ向かってきた。目の周りに皺ができて陰っているように見えた。私はその目が恐ろしくなり、立ちすくんだまま、森本さんが競歩みたいに大股でこちらへ直進してくるのを見ていた。逃げるか、待つか、どう言い訳するか、何に対して？　考えているうちにどんどん迫ってきて、本当は逃げたいのに足は震え、金縛りに襲われたように動けなかった。

目の前まで森本さんが迫ってきて、私は思わず顔を斜め下に逸らして体を縮こまらせたのだが、森本さんの視線は私ではなくそのさらに後ろに向けられていたらしい。そのまま、私の横を素通りすると、三川さん！　とひときわ大きな声を出したので、広場にいた私以外の人も森本さんの方を振り返った。

森本さんは私と反対の方向へ歩いていた女の腕を摑んだ。白いブラウスに薄紅色のスカートを穿いていて、大きなトートバッグには赤いバラなにゅのマスコットが揺れていた。ちょうど、一時間ほど前までの私と同じくらいの長い黒髪で、後ろ姿だけ見ると私に見えなくもないくらいの背格好だった。

「三川さん、なんで来なかったんですか」

「えっ、何ですか？　離してください、ちょっと」

三川さんと呼ばれた女は突然のことにびっくりしたように振り返り、ドッキリか何かだと思ったようで、周囲をきょろきょろと見渡した。何が起きたのか、まるでわかっていない顔つきだった。その表情を認めると、森本さんは吠えるように言った。

「なんでそういうことするんですか。無視って、どうなんですか。もしかして、あなた誰にでもそういうことしてるんですか？」

「あの、人違いですって。離してください」

三川さんの顔はまったく私とは違っていた。メイクが濃くて、まつ毛がばさばさしていた。私とは違い丸顔で唇も分厚かったし、何より、私よりも若かった。大学生になりたてくらいだろうか。

「そうですか、そうやって都合が悪くなったらとぼけるんですか。あなたがそんな人だとは思いませんでした。信じていたのにがっかりですよ」

「いや、それ私じゃないですって、知らないですって、離してくださいよ」

三川さんは摑まれた左腕をぶんぶん上下に振るも、あまり効果はなく、森本さんの気持ちを逆撫でするだけだった。森本さんは左肩にかけたビニール袋を揺すってなにゅなにゅライトの箱を示した。

「なにゅなにゅはもういらないんですか？　これ、三川さんのために取ったのに」

「だから、知らないって。離してって言ってるでしょう？」

三川さんは恐怖と怒りが入り混じった声を出し、大きく体を揺らしたので、トートバッグについていたバラなにゅのマスコットも跳ねるように揺れた。

「いらなくなった途端に今までのこと全部無かったことにする気ですか？　せっかく仲良くなれるかもしれないと思ってたのに、そんな人とはこっちだって友達にもなりたくないですよ。そうやって人のことを馬鹿にしたような態度をとっているとね、あなたには本当に信用できる人なんて一人もできないし、これから先の人生はきっとすごくつまらないものになるでしょうね」

森本さんは説教するみたいに三川さんの顔面を人差し指でさしながら、肩を上下させていた。いつも控えめにものを言う森本さんが、こんなふうになりふり構わずに話すのを私は初めて見た。

「は？　人の話聞けって、意味わかんないんですけど。ていうか離せって」

三川さんは森本さんをにらみつけ、意外とドスの利いた声を出したので、それに怯んだ森本さんは摑んでいた右手を緩めた。

「なんですかその目、大体、ファンとしてどうなんですか、その態度。あなた前に言ってましたよね、ころころ趣味を変えるような人は信用ならないって、それと同じことしてるんですよ今。なにゅなにゅが好きな他のファンに申し訳ないとか思わないんですか。というか、あれって全部騙してたってことですか？　人の厚意に対してやっていることが不誠実すぎるだろ。……この詐欺女、いらないなら返せよ」

「何を？」

「今までの分、全部返せよ」

そう怒鳴ると森本さんは右腕を高く振り上げた。いやっ、という三川さんの短い悲鳴が痛いくらい耳に届いて、私もぎゅっと目をつぶった。だが、腕は急降下する前に駆け寄ってきた森本さんよりも背の高い黒Tシャツの男に摑まれた。ちょっと落ち着こうか、ね、落ち着いて、大丈夫だから、と男は声をかけていたが、森本さんは言うことを聞かずに、離せ、離せよ、と後ろから羽交い締めにされた手足をじたばたさせていた。周囲の人々の中には、都合よくその光景をスマホのカメラで撮影したり、どこかに通報したりする人もいた。ひとしきり暴れた森本さんは、どうにもできないことを悟ったのか、次第にぐったりとうつむいて、倒れ込むようにうずくまった。

「私、本当に知らないんで、もう行きますから」

バラなにゅのマスコットをつけていた三川さんはそう言って、そそくさと立ち去ってしまったが、森本さんはうずくまったまま判然としないことをずっと言っていた。黒Tシャツの男も寄り添うようにしゃがみこみ、宥めるように森本さんの肩を軽く叩く。最後まで面倒を見なくてはいけないような空気になっていた。

ぼんやりと顔を上げた森本さんは、おもむろに首を捻ると、焦点の合っていない、魂の抜けた瞳でこちらの方を見た。緊張が走り生唾を飲んで見返したが、森本さんの瞳は私をはっきりと捉えることはなく、無関心そうに再び視線を地面に落とした。私は金縛りがとけたようにほっと息をつき、同時に微かな苛立ちを感じた。動き出すようになった足は、この場を離れようと後ずさりし出したが、背を向ける瞬間に、ビニール袋に入ったなにゅなにゅライトが目に入った。森本さんの肩から滑り落ちて地面に転がっていたのだ。私はそれに気づくと立ち止まり、考えるよりも先に踵を返していた。騒動のどさくさにまぎれて吸い寄せられるように、静かにうつむいている森本さんの手前まで歩いて行った。バッグにつけていた四つ葉のクローバーなにゅが跳ねながら揺れている。森本さんに近づけば近づくほど、目に見えない紐で首を締めつけられているように私の喉は狭まった。呼吸は浅くなり、早口で吐き出すように声を出すことしかできなかった。

「あの、これ、もらってもいいですか」

　森本さんは白いつむじを向けたまま、返事をしなかった。ぶつぶつと小声で何か言っていて、頭の天辺から音が漏れているようだった。憔悴した森本さんを介抱している親切な黒Tシャツの男は、不意に現れた私を戸惑った顔で見上げた。これ以上、面倒ごとには巻き込まれたくないというような顔だった。私は何もわかっていない男に向けて言った。

「あ、えっと、これ、この人、いらないみたいなんで、私、もらっておきますね」

　途切れ途切れになった私の声に、男は「ああ、どうぞ」と煩わしそうにこくこく頷いた。私は極めて慎重にビニール袋を片手で掴むとそっと持ち上げ、熊に遭遇した時のように、森本さんの姿を観察しながら、一歩、二歩と後退した。だんだんとその足は速度を増し、人混みにまぎれると、背を向けて駅の方へ一気に走り出した。髪が短くなったからか、首に風が当たっていつもより速く走れているような気がした。短い距離だったが、久しぶりに走ったせいで、心臓の音が張り裂けそうなくらい鳴り、自分に肉体があることを実感できるほどに身体中が熱い。駅にたどり着き、車両に乗り込んでからも肩を上下させて呼吸をした。

　マンションのエントランスで、なかなか降りてこないエレベーターを待ちながら、人差し指の先が痛むくらいボタンを連打した。早歩きで自分の部屋のドアの前に行き、鍵を何度か鍵穴に差しきれずに舌打ちし、ついに開け、開いたドアの隙間に身を滑り込ませるようにして帰宅した。そのまま、玄関にしゃがみ込むと、待ちきれずに袋の紐を乱暴に緩めて中から箱を取り出す。カッターを持ち出すのも煩わしく、紙箱についている透明なシールを爪でかりかりと引っ掻くものの、なかなか剝がれないことに苛立ち、なんなんだよもぉーと口から漏れて廊下に響く。箱の隙間に人差し指を突っ込んで指の側面が擦れるのも気にせず力一杯シールを剝がした。よし。もう少しだ。紙箱のふたを開く時、引っかかって箱の隅がわずかに破ける音がした。同時に、透明な袋に包まれた白いなにゅなにゅなにゅライトの頭頂部が見えた。なにゅなにゅライトとコードを箱の中から取り出すと、箱は玄関に捨て置き、靴を雑に脱いで部屋の中に入る。スマホの充電用コードをコンセントから引き抜き、代わりにライトのコードを勢いよく差し込んだ。

　薄暗い部屋で、軽く触れるようになにゅなにゅライトの頭をぽんと叩くと、シリコン製のライトはぼんやりと淡く発光した。ぬくもりを感じる薄黄色の光が、閉じたカーテンや壁に貼ったポスター、机や床を埋め尽くしている部屋中のなにゅなにゅたちの顔を柔らかく照らした。思わず口角が上がった。しかし、次の瞬間ふっと光は消えた。生命が息絶えるかのように部屋中のなにゅなにゅたちの顔は暗くなり、私の口角も下がった。

　もう一度、優しく、揺り起こすようになにゅなにゅライトの頭を叩いた。一度では光らずに、何度かぽんぽんと叩いているうちに、再びなにゅなにゅライトは発光した。だが、しばらくするとまたぷっつりと消えてしまうのだった。何かがおかしいと玄関に戻り、箱の中に入っていた説明書を読んでみたが、一度叩くと発光し、もう一度叩くと消えるということしか書かれておらず、突然消えるモードがあるなんてどこにも書かれていない。目の前にあるなにゅなにゅライトは何度か叩くとぱっと明るくなるものの、もう一度叩くまでもなく急に光が消えてしまう。同じ動作を繰り返すうちにだんだんと、発光時間が短くなっているような気がして、暗くなるたびにもう永遠につかないのではないかと恐ろしくなる。

「しっかりしてよ」

　そう叫びながら私は、何度も力強くなにゅなにゅライトを叩いた。そのたびにひしゃげるなにゅなにゅの顔は、まるで私と同じ表情をしている。

村雲菜月
（むらくも・なつき）

1994年北海道生まれ。金沢美術工芸大学美術工芸学部デザイン科視覚デザイン専攻卒業。
2023年、「もぬけの考察」で第66回群像新人文学賞を受賞。

コレクターズ・ハイ

二〇二四年二月二十七日　第一刷発行

著者　村雲《むらくも》菜月《なつき》

発行者　森田浩章

発行所　株式会社講談社
〒一一二‐八〇〇一　東京都文京区音羽二‐一二‐二一
電話　出版　〇三‐五三九五‐三五〇四
　　　販売　〇三‐五三九五‐五八一七
　　　業務　〇三‐五三九五‐三六一五

印刷所　ＴＯＰＰＡＮ株式会社

製本所　株式会社若林製本工場

KODANSHA

ISBN978-4-06-534596-2